강화학개론

빈형 게임 판타지 장편소설

WISHBOOKS FANTASY STORY

강화학개론 5

빈형 게임 판타지 장편소설

초판 1쇄 찍은 날 | 2017년 9월 21일
초판 1쇄 펴낸 날 | 2017년 9월 28일

지은이 | 빈형
펴낸이 | 예경원

기획 | 위시북스
편집책임 | 이규재
편집 | 이즈플러스

펴낸곳 | 예원북스
등록번호 | 제396-2012-000132호
등록일자 | 2012. 7. 25
KFN | 제1-154호

주소 | 경기도 고양시 일산동구 호수로 646-24 위너스21 II 빌딩 206A호 (우)10401
전화 | 031-819-9431 팩스 | 031-817-9432
E-mail | yewonbooks@naver.com

ISBN 979-11-6098-462-0 04810
979-11-6098-321-0 (set)

※ 이 도서의 국립중앙도서관 출판시도서목록(CIP)은 서지정보유통지원시스템 홈페이지(http://seoji.nl.go.kr)와 국가자료공동목록시스템(http://www.nl.go.kr/kolisnet)에서 이용하실 수 있습니다.

강화학개론
빈형 게임 판타지 장편소설
WISHBOOKS FANTASY STORY
5
Wish Books

강화학개론

CONTENTS

Episode 19.

걱정 마세요. 비싸게 팔 테니

1

사람들의 시선에 황당함이 담겼다. 당장 한시민을 마주한 황실 기사의 황당함은 말할 것도 없고.

"……."

어제 말한 게 이걸 위한 떡밥이었구나.

황실 기사가 인상을 팍 찌푸렸다.

이런 비열한 새끼!

대략 스무 마리의 토끼가 한시민의 몸을 둘러싸자 검을 찌를 틈조차 제대로 보이지 않는다.

물론 찌르려고 한다면 황실 기사인 그가 토끼를 죽이지 않고 찌를 수는 있지만 그건 어디까지나 한시민이 가만히 서 있을 때의 이야기.

몸이 제법 둔해졌음에도 당연히 이기기 위해 움직일 텐데 그러다 빈틈을 향해 찌른 검이 토끼라도 죽인다면?

그대로 은혜를 원수로 갚는 빌어먹을 쓰레기가 되는 것이다.

신경 쓰지 않고 싸운다?

어찌 그러겠나.

제아무리 모험가인 동시에 철없어 보이는 놈이라 할지언정 어찌 됐든 그들의 성장을 도와준 은인에, 황제의 사위에, 이제는 자작이라는 직위를 가진 한 명의 떠오르는 실세인데!

무엇보다 기사들은 스스로의 약속을 어기지 않는다.

자존심, 신뢰, 정의.

그들이 목숨보다 추구하는 것들!

해서 쉽게 약속도 하지 않는다.

하나 약속을 했고 그들은 지켜야 한다.

"하아."

황실 기사가 깊은 한숨을 내쉬었다.

이거, 어떻게 이길 구석이 있긴 한가?

그냥 싸워도 쉽지 않다. 한시민의 방어력과 끈질기게 달라붙는 토끼들의 억척같음이야 이미 볼 만큼 봤으니까.

결국 약속도 지키고 경기도 승리하려면 전력을 다해야 하는데 그러면 또 토끼를 죽일 확률이 높아진다.

"……."

무엇보다 가장 중요한 건 봐준다는 걸 티 내선 안 된다는 것!

어젯밤 한시민의 순진하다고 생각했던 당부를 떠올리며 황실 기사가 몸을 떨었다.

순진한 게 아니었어. 악마였지.

본인은 새롭게 개발한 전략인 척 저러고 있어 사람들의 흥미를 돋우지만 실상을 알게 된다면 비겁하다고 욕할지도 모른다.

한데 그럼 뭐하나! 알려질 리가 없는데.

'과연…… 폐하의 사위가 될 만하군.'

어이없지만 인정했다. 한시민은 자신의 불리함을 알고 승리로 이끌기 위해 쓸 수 있는 카드를 꺼냈다. 그걸 간파하지 못하고 넘어간 건 어디까지나 기사의 잘못!

"후아."

호흡을 가다듬고 당황스러운 마음을 다잡는다.

싸우긴 싸워야 한다. 포기도 또한 없다.

그나마 다행이라는 점은 아직 4강이라는 것.

'아마 기사단장님이 뒤집어쓰겠구나.'

황실 기사단장이 서 있는 결승전 무대. 그는 과연 지금의 상황을 보며 어떻게 대처할 것인가.

"하앗!"

기사가 달려들었다.

"……영악한 놈."

"풉, 정말 재미있는 분이세요."

"재미는 무슨. 비겁하기 그지없구나."

"하지만 저러지 않았다면 이기지 못했을 텐데요?"

"……."

어젯밤 한시민과 16강에 진출한 황실 기사들 간의 은밀한 만남이 있었다는 것 정도는 이미 알고 있었다. 황궁 내에서 비밀이란 없으니.

다만 황실 기사들이 일부러 져 달라는 식의 부탁을 들어줄 리 없기에 묵과했다. 황제가 굳이 들춰내지 않더라도 기사들은 자신의 자존심을 목숨보다 귀하게 여기는 이들이니까. 제 아무리 은인이라도, 아니, 설사 생명의 은인이라 할지언정 그런 식의 부탁은 통할 리가 없다.

하지만 지금 상황을 보니 영악한 모험가 사위 놈은 그런 부탁을 한 게 아닌 것 같았다. 황제의 예리한 눈이 그걸 파악했다. 오랜 시간 전쟁과 음모 속에 단련된 눈치는 그토록 예리했다.

주작 대신 토끼들에 대한 연민을 호소했구나.

"어찌할까요, 폐하."

"그냥 내버려 두어라."

"예, 폐하."

충분한 의심이 생겼음에도 황제는 만류하지 않았다. 그는 언제나 그렇듯 능력 위주의 사람을 중시한다. 그렇지 않았다면 애초에 모험가를, 듣도 보도 못한 이방인을 그의 사위로 맞이하지 않았을 것이다. 그에게 매번 당할 때마다 참지도 않았을 것이고.

"어쩌면 공주 말대로 제국의 상징은 저놈 손에 들어갈지도 모르겠구나."

"그리 나쁘지 않은 일이에요. 자작님이 들고 있는 것만으로 제국은 모험가들에게 좋은 이미지를 가질 수 있으니까요."

"그놈이 잘 가지고 있다는 가정하에서겠지."

"네?"

공주의 의문에 황제가 고개를 저었다.

상식적으로 그렇게 중요한 검을 손에 쥐고 내다 팔리란 생각을 하는 이는 별로 없다.

이를테면 우승 트로피를 받아서 도금되었다는 이유만으로

가져다 팔아 엿을 사 먹는 것!

아직 벌어지지 않은 일이라 쉽사리 입 밖으로 그런 불경한 말을 내뱉기 망설여졌지만 한시민이라면 충분히 그럴 수도 있겠다는 생각이 들었다.

'아마…….'

그럼 어떻게 해야 하나. 어제 잠시 고민하긴 했었지만 황실 기사들을 믿기로 하고 접어두었었는데.

역시 토끼 방패를 뚫지 못한 채 패배를 시인하고 마는 황실 기사를 보며 다시 고민에 빠져야 했다.

그리고 그건 결승에서 역시 마찬가지였다. 엄청난 성장을 바탕으로 화려한 검술을 내보인 황실 기사단장이지만 한시민의 방패를 뚫진 못했다.

빈틈을 찾아 내찌른 공격은 억지로 비집고 들어간 탓에 위력이 반감되었고 그 안에 껴입은 방어구들의 방어력에 상쇄되고 말았으니.

조건부 무적 판정을 받는 토끼들의 공격을 떨쳐 낼 방법이 없었다.

"……."

"……."

그렇게 한시민이 우승을 거머쥐었다.

어이없게, 동시에 화려하게.

2

시상식은 다음 날이었다.

우승을 한 한시민은 어깨를 잔뜩 펴고 황궁 내부를 돌아다녔다. 당연히 황제도 만났다.

"여어! 장인어른!"

"……."

기분이 하늘을 뚫고 올라간 한시민의 경망스러운 말투에 황제가 인상을 찌푸렸다.

"부정행위 한 걸 내가 모를 줄 아나?"

어차피 끝난 일이지만 이걸로 갈궈나 보자!

하지만 한시민은 그런 거에 휘둘릴 인간이 아니었다.

"에이, 부정행위라뇨. 그런 말씀하시면 섭섭하죠. 장인어른도 다 알고 눈감아주셨으면 그건 부정행위가 아니죠."

"……."

뻔뻔하기가 황제조차도 할 말을 잃게 만든다. 하긴 이럴 걸 예상하고 그 정도의 꼼수만 부렸을 테니까.

"어, 공주님. 하이."

"안녕하세요, 자작님. 대회는 잘 봤어요."

"별말씀을. 공주님을 위해 열심히 싸웠죠. 어디 가서 무시당하면 안 되니까. 하하."

“호호, 고마워요.”

그렇게 얼 놓고 있는 황제를 뒤로한 채 한시민이 공주에게 다가가 작업을 걸었다.

황제에게 툭툭 내던지던 성의 없는 말투와는 차원이 다른 다정함!

“축하드려요.”

“운이 좋았죠. 그나저나 우승 보상은 뭐예요? 공주님과 하룻밤 정도면 좋을 것 같은데.”

“어머, 그런 거야 굳이 보상이 아니어도 부부끼리는…….”

“큼큼.”

농담을 주고받는 둘 사이로 황제가 끼어들어 말을 돌렸다.

“우승 보상은 제국의 상징이다.”

“……네?”

“네 스승이 강화해 놓은 검. 그것이 보상이다.”

“…….”

말하면서 황제의 턱이 추켜세워진다.

그래, 이 빌어먹을 놈이 팔든 말든 일단은 좋은 거니까 기뻐하겠지. 그 모습을 보며 우월감을 느끼면 된다.

하나 예상과 다르게 한시민의 인상은 한없이 일그러졌다.

“뭐예요, 그 이상한 보상은?”

“……뭐?”

"아니, 이왕 줄 거면 좀 바로 팔릴 수 있는 걸 줘야지. 혹시 아인 왕국의 상징처럼 레벨 제한만 무식하게 높은 그런 검은 아니죠?"

"……."

"맞나 보네. 어휴."

한시민이 뒷머리를 벅벅 긁었다.

"아니, 폐하. 그런 건 평생 제국에 알 박고 사는 기사들이나 자기 방에 처박아두고 감상하면서 좋아할 보상이잖아요. 어디다가 팔려고 해도 팔리지도 않는 거 보상으로 받아서 뭐해요."

"……."

"……."

예상보다 드센 한시민의 반응에 공주와 황제가 할 말을 잃었다. 세상에 제국의 상징을 맡긴다는데 이런 반응을 보이는 사람이 있긴 할까.

물론 말이 일리가 없는 건 아니다. 제국의 상징은 말 그대로 한 국가의 상징. 그걸 받아서 갖다가 판다는 건 제국을 판다는 말과 다르지 않으니 소중히 간직하는 게 맞다. 그렇게 되면 돈을 바라는 자에겐 별 의미가 없는 게 되고.

"그럼 보상을 바꿔주마."

그래도 그렇지!

기껏 준다는데 저런 반응을 보이면 당연히 기분이 좋을 리가 없다.

황제가 뾰로통한 표정으로 말하자 한시민이 손사래 쳤다.

"에이, 그냥 해본 말이지 뭘 또 그런 걸로 삐지고 그러세요. 사실 제가 우승할 줄 모르고 거셨을 텐데 이번엔 제가 선심 써서 넘어가 드릴게요. 자작으로 올려주신 것도 그렇고, 앞으로 영지에 많은 지원을 해주실 거니까요."

그런 말한 적 없지만 재빨리 치고 빠졌다.

"그럼 내일 봐요. 공주님도 안녕."

"안녕히 가세요."

병 주고 약 주고. 화를 내자니 좀생이가 될 것 같고 그렇다고 그냥 주자니 욕먹은 게 부들거리고.

"후우, 내가 제명에 못 살겠다."

"그래도 자작님 덕에 아바마마가 많은 표정을 보이시는 거 같아요."

그 많은 표정이 대부분 부정적이라는 게 문제긴 하지만.

어째 대륙을 정벌하는 것보다 한시민을 상대하는 게 더 힘든 것 같은 기분에 황제가 뒷목을 잡고 침실로 향했다.

뿌우우우!

나팔 소리가 제국을 울리고 정렬한 기사들의 풍채가 대단하다.

비록 서로 다른 왕국 소속이고 언젠가 검을 마주할 일이 있을지도 모르지만 오늘만큼은 하나가 되어 황제를 향해 서 있는 모습은 당장에라도 마족이 나타날지언정 지지 않을 것 같은 위엄!

그런 수많은 기사와 귀족 중 가장 선두에 한시민이 서 있었다.

올해의 대륙 기사 대전 1등! 최고의 기사!

검과는 전혀 인연이 없어 보이는 풍채지만 걸음만큼은 당당했다.

황궁뿐 아니라 제국의 수도가 한눈에 내려다보이는 단상 위에 올라선 한시민의 시선은 오로지 황제의 손에 들린 번쩍번쩍한 명검뿐!

'얼마나 할까?'

유저에게 팔기엔 레벨 제한이 너무 높을 것이다. 당장 팔아봤자 제값에 팔기도 어려울 테고. 그렇다면 NPC에게 팔아야 한다는 뜻인데 과연 살 사람이 존재하긴 할까.

제국의 눈치를 보느라 이런 걸 팔고 있다고 찌르지나 않으면 다행이지.

'휴.'

결국 계륵이란 뜻이다.

물론 값을 잘 받아낼 방법이 아예 없진 않다. 그렇기에 군소리 없이 받는 것이고.

“제국을 빛낸, 대륙의 최고 기사에게 제국의 상징과 격려금 천 골드를 사사하노라.”

“감사합니다, 폐하.”

“황제 폐하 만세!”

“황제 폐하 만세!”

그런 와중에 손에 들어오는 천 골드는 만족스러웠다.

역시 제국 스케일! 우승 상금이 1억이라니!

‘이건 빼액이 먹이고.’

슬슬 돈을 모아 탈것을 마련할 생각이었다.

해서 정성스럽게 황제가 내미는 검을 무릎 꿇고 받는다.

“감사합니다. 이건 잘 쓰겠습니다.”

“팔아봤자 제값을 받기 힘들 거다.”

“그거야 제가 알아서 할 문제고요.”

“…….”

“걱정은 마세요. 지금까지 헐값에 뭔가를 팔아본 적은 한 번도 없으니까요.”

“…….”

“어떤 놈이 살지 모르겠지만 아주 비싸게, 원래 받으려는 것보다 열 배는 높게 쳐서 받을 겁니다."

소곤소곤 오가는 말들.

환호 소리에 묻혔지만 말을 마친 한시민의 눈동자가 황제를 직시했다. 마치 너에게 팔리란 것처럼.

"소감 한마디 하게 자리 좀 마련해 주시죠."

의지를 전달한 한시민이 염치없이 요구했다.

3

마이크를 잡았다.

"아아, 짧고 굵게 가겠습니다."

순간 초등학교 때 찔 듯한 더위 아래 학생들을 세워놓고 혼자만 그늘에서 일장연설을 늘어놓던 교장 선생님이 생각나는 건 왜일까.

아마 지금 서 있는 기사들과 귀족들 또한 같은 생각이겠지?

귀족들이야 그늘에 있다 해도 기사들은 땡볕 아래 미동조차 않고 서 있다. 힘들 게 분명하다. 몇 마디만 해도 속으로 빨리 끝내라 욕을 할지도 모르고.

어렸을 때, 군대에서 그 마음을 누구보다 뼈저리게 느껴본 한시민이 고개를 끄덕였다.

나만 믿어, 친구들.

비록 장비를 빼앗겨 원한을 가진 기사가 많겠지만 그들조차도 포용할 수 있는 자비가 필요하니까.

“우선 우승 축하 감사드립니다. 기사 대전이 열린 이래 테이머로 우승을 챙긴 건 처음이라고 들었는데 아마 지옥에 있는 제 스승이 들었다면 굉장히 기뻐할 겁니다. 빌어먹을 새끼. 필요 경험치 똥을 잔뜩 뿌려놓고 가더니 그래도 개똥 주제에 쓸데가 있어 다행이네요.”

반응은 없었다.

입이 열 개라도 할 말이 있을 리가 없지.

“보셨으면 아시겠지만 사실 전 무예에 그리 뛰어난 것도 아니고 그저 돌아다니며 장비나 강화하는 강화사입니다. 그럼에도 우승이라는 영광스러운 자리를 차지할 수 있었던 건 역시 뛰어난 장비가 한몫하지 않았나 싶습니다.”

가장 큰 이유는 우승 후보인 황실 기사단의 손발을 묶었기 때문이다. 하지만 그걸 아는 이는 별로 없다. 그게 중요하다.

“하나 저번에 말씀드렸듯 모험하는 데 필요한 경비가 부족해 제가 가장 아끼는, 그리고 가장 좋은 가죽 방어구 세트를 판매하게 되었습니다. 경매 일시는 오늘로부터 2주 뒤, 장소는 리치 영지 경매장이 되겠으며 많은 참여를 부탁드립니다.”

성공적인 홍보! 찬란하게 태양빛과 어우러져 반짝이는 진홍빛 가죽 방어구!

귀족들이 눈을 빛내는 게 보인다.

"비싸게 팔 생각도 없습니다. 그저 가치에 맞는 장비는 그에 맞는 가치를 받는 게 합당하게 생각할 뿐입니다. 험난한 세상, 그리고 닥쳐 오고 있는 어둠에 대비해 자기의 목숨은 자기가 지켜야 하지 않겠습니까! 제아무리 훌륭한 기사를 데리고 있다고 해도 결국 검이 목에 들어오면 죽습니다. 기사들도 마찬가지입니다! 마족과 싸우다 손톱 박히면 꼼짝 못합니다. 하지만 가죽 방어구를 입으면? 빌어먹을 마족 놈에게 역관광이 무엇인지를 보여줄 수 있지요!"

기세를 탄 연설이 이어졌다. 5분, 10분. 세뇌에 가까운 짧고 굵은 소감은 30분이 지나서야 끝이 났다.

"그럼 경매에서 뵙겠습니다. 가치를 아는 분이 가져가셨으면 좋겠습니다."

이쯤 되면 굴러다니는 개똥도 명품이라 생각할 정도의 세뇌!

황제가 혀를 찼다. 저놈은 진짜 장사꾼이다. 사막에서 모래도 얼음으로 만들었다고 팔아먹을 새끼. 가만히 그늘에 앉아 듣던 그마저 머리가 지끈거리는데 기사들은 어떻겠는가. 어렸을 적부터 해온 훈련과 정신력이 아니었다면 벌써 반은 쓰러졌을 것이다.

"감사합니다."

그렇게 얼떨결에 열린 기사 대전이 막을 내렸다. 황제가 한 설계를 한시민이 역으로 말아먹으면서 그만 이득을 보는 형태로.

4

리치 영지에 판월 커뮤니티 글을 본 유저들이 하나둘 몰려들기 시작했다.

메인 퀘스트 2막의 중간 분기점! 다른 것들을 제쳐 두고 그걸 깰 수 있다면 굳이 먼 길을 돌아갈 필요가 없었으니까. 물론 곧바로 받을 수 있는 건 아니었다.

“중간 네임드 몬스터 레이드 퀘스트를 받으려면 우선 리치 영지 NPC들과 친해져야 해요. 그런 뒤 현재 영지를 관리하는 보좌관의 신뢰를 받으면 퀘스트를 받을 수 있어요.”

몰려드는 유저들에게 진행 방법을 알려주는 정설아.

속이 쓰리지만 어쩔 수 없었다. 셋은 분명 강하지만 많은 시간 퀘스트에 몰두하며 느낀 점은 음침한 숲의 지배자는 그보다 훨씬 강하다는 것.

레벨을 더 올려 도전하거나 사람들을 모으거나 두 가지 방법뿐인데 전자의 경우엔 레벨을 올리는 동안 퀘스트 진행 상황이 역전되는 경우가 발생할 수도 있다.

그들이 힘겨워하는 만큼 다른 유저들도 힘겨워할 게 분명하지만 판타스틱 월드의 메인 퀘스트 진행 방법은 수도 없이 많고 많은 인력을 동원하는 켄지 길드 같은 경우 중간 네임드 보스를 처치하지 않고 넘어가는 방법을 찾아낼 수도 있으니까.

그럴 바에야 불러들여 다 같이 고통받자.

절대 평가가 아닌 상대 평가에선 무조건 스페셜리스트는 우위를 점할 자신이 있었다. 그렇게 유저들이 몰려들었고 한창 공사가 진행 중인 리치 영지는 뜻밖의 이득을 취했다.

"여기, 여기! 자재를 좀 구해와야 해요. 숲에 가서 나무 좀 해다 주실래요?"

"영지 주변에 자꾸 몬스터들이 먹을 걸 찾으러 내려와요. 처리 좀 해주세요."

"성을 짓는 토대를 만드는 데 일손이 부족하네요."

공짜 인력들! 시키면 호감도를 위해 쉬지도 않고 열심히 일한다. 게다가 밤낮 잠도 없이 게임만 하는 유저가 태반인 데다 메인 퀘스트 2막에 돌입한 유저들이기까지 하다.

낮에도 밤에도 울려 퍼지는 공사 소리와 자재 캐는 소리.

그사이에 켄지 길드가 등장했다.

많은 유저가 리치 영지에 왔지만 켄지 길드만큼 압도적인 존재감을 보이는 유저는 없었다.

100이 넘는 길드원이 전원 같은 방어구 세트를 착용하고 있고 무기 또한 마찬가지.

"와, 저거 뭐야? 50레벨 블랙 카우 가죽 방어구 세트 아님?"

"무기는 뭐지? 저것도 비싸 보이는데."

"미쳤다. 저게 1위 길드 위엄인가."

"저 길드 길마가 어마어마하게 부자라잖아. 사냥하는 데 시간당 수천만 원씩 쓰고 다닌다는 소문도 있어."

"나도 들어가고 싶다."

"꿈도 꾸지 마라. 저기 들어가는 게 대기업 입사보다 어렵다고 소문났다."

"그래 봤자 저기 길드원들도 다 게임 폐인이잖아."

"그냥 폐인이 아니지. 적어도 5년 이상씩 게임에 목숨 걸고 어떤 게임에서든 수만 명 이상에게 이름 좀 날린 전문가들인데. 듣기론 모든 장비 지원에 개인 소유, 그리고 4대 보험도 된단다."

"헐."

방어구와 무기는 기본이다. 쉽게 발견하기 힘든 장신구들은 숨겨진 전력!

그중에서도 가장 눈에 띄는 건 역시 길마 켄지다.

"번쩍거리는 거 보소."

"와, 저거 무기 12강 한 건가?"

"방송 보니까 방어구도 대부분 10강이던데."

"……그런데 솔직히 강화는 시민 방송 보다 보니 별로 감흥도 안 온다."

"그러게. 장비는 좋아 보이는데 진짜 좋은 사람 거 보다 보니 별로네."

이런 이야기도 들려왔지만 갖춰진 군대의 위엄은 쉽게 볼 수 있는 게 아니다.

영지에 들어선 켄지가 스페셜리스트 앞에 섰다.

"오랜만이군요."

"그러게요."

그리고 그의 옆엔 레전더리 직업의 다이노가 함께였다.

"시민이라는 유저는 어디 갔나 보죠?"

"글쎄요."

팽팽한 신경전.

한시민에 대해 묻던 다이노의 시선이 강예슬에게 향했다.

"제 스킬을 가져가신 분이군요."

"……제 스킬?"

"제 스승님의 것이었으니까요."

경매의 승자는 비공개였지만 게임 내에서 워낙 주목받는 스페셜리스트이기에 소문은 금방 퍼져 나갔다.

안 그래도 자기가 가져야 할 스킬을 갖지 못한 것에 대한 아쉬움과 한시민이 속한 길드에게 넘어갔다는 황당함은 분노를 일으켰다.

물론 강예슬은 한시민 못지않은 또라이.

"뭐래, 꼬우면 맞짱 뜨든가."

"……."

다이노는 천재지만 이런 몰상식과 마주하는 데에는 서툴다. 논리와 지식으로 싸우는 그에게 이렇게 다짜고짜 주먹부터 들이미는 일이 어디 흔하겠는가.

"그만하지. 싸우러 온 게 아니니까."

"네, 마스터."

켄지의 만류로 둘의 대치는 잠시 중단됐다.

켄지는 웃으며 손을 내밀었다.

"오늘은 싸우러 온 게 아닙니다. 메인 퀘스트 호의를 베푸셨으니 그동안은 서로 건들지 않도록 하죠."

"웃기는 놈이군. 일방적으로 공격하고 깨진 주제에."

"……도발해서 좋을 건 서로에게 없을 듯 보입니다만."

"맞아, 오빠. 그만해."

정현수가 한 대 치고 정설아가 말린다. 말리는 그녀의 입가에 맺힌 미소는 전혀 진심으로 말리는 사람의 표정은 아니었지만.

“그럼, 공정한 경쟁을 하죠.”

어쨌든 그들을 공격하고 비참하게 패배한 순간부터 켄지는 진 거나 다름이 없다.

뻘쭘한 손을 회수하며 걸음을 옮겼다.

패배는 인생에서 언제든 경험할 수 있다. 중요한 건 지금! 앞으로 나아가고 더 잘되면 과거의 치욕 따위는 생각조차 나지 않을 정도로 상대를 짓밟을 수 있다.

그렇게 위안했다.

그를 따르는 길드원들을 보며 강예슬이 혀를 찼다.

“쯧쯧. 저렇게 많이 데리고 다녀봐야 뭐해. 1시민만도 못한 것들이.”

“예슬아, 그건 우리도 마찬가지 아니냐.”

“오빠, 흥 좀 깨지마. 한 방 먹여서 기분 좋은데.”

게다가 이게 끝이 아니다.

“아이고, 모험가분이 많이 오셨군요!”

켄지 길드를 향해 다가가는 비계 덩어리! 자연스럽게 헬퍼 하나가 인상을 찌푸리며 막아선다.

“누구십니까.”

“아! 제 소개를 잃었군요. 전 리치 영지 영주님을 대리해 업무를 맡고 있는 보좌관 헤리슨이라고 합니다.”

“……!”

중간 네임드 몬스터 레이드 퀘스트를 주는 NPC!

불쾌한 표정을 짓던 켄지가 언제 그랬냐는 듯 웃으며 앞으로 나섰다.

“반갑습니다. 켄지 길드 마스터 켄지라고 합니다. 이야기 많이 들었습니다. 불모지나 다름없는 영지를 이만큼 키우셨다고…….”

“하하, 제가 한 게 있나요. 다 영주님 덕분이죠.”

“그래도 보좌하는 이의 중요성은 감히 말할 수 없죠. 대단하십니다.”

“아이고, 과한 칭찬이십니다.”

“있는 동안 잘 부탁드립니다.”

“당연하죠. 언제든 필요한 게 있으면 말씀만 하시죠! 저희 영주님께서 방문하는 모험가분들껜 특별히 더 잘해주라고 하셨거든요.”

“아, 그렇습니까? 그러면 혹시 네임드 몬스터…….”

사회생활의 진수를 보여주는 켄지! 은근슬쩍 본론을 꺼낸다.

하지만.

“그보다 우선 불편하실 텐데 숙소로 이동하시는 게 어떨까요? 저희 영지엔 영주님께서 직접 디자인하신 모험가들을 위한 숙소가 아주 잘 마련되어 있답니다. 주변 음식점은 물론 유흥가까지 마찬가지고요."

"……예, 그럼 그러지요."

그보다 먼저 선수 치며 안내하는 보좌관의 말을 끊을 순 없었다.

자연스럽게 하루 묵는 데 강남 5성급 호텔 빰치는 가격의 숙소로 이동하는 켄지 길드.

"쯧쯧, 불쌍한 놈들."

"언니, 어떻게 된 게 시민 오빠 주변엔 다 시민 오빠 같은 사람들밖에 없는 걸까?"

"……."

그러게 말이다.

대치로 기분이 언짢아진 정설아의 매력적인 미소가 짙어졌다.

굳이 직접 얼굴 마주 보며 기분 나쁠 일이 있나! 가만히 내버려 두면 알아서 호구 잡혀 돈을 쪽쪽 빨릴 텐데.

물론 그 돈은 스페셜리스트에게 오는 게 아닌 한시민의 지갑 속에 들어가겠지만.

"가서 사냥이나 하자."

유저들을 불러들였지만 막상 함께 레이드할 수 있는 시기는 최소한 2주 뒤일 것이다. 그 전에 스페셜리스트가 해야 할 일은 그들이 NPC들의 호감도를 올리는 사이 레벨 격차를 더 벌리는 것.

"시민 씨, 언제쯤 오세요?"

자극받은 정설아가 현질을 시전했다.

5

한시민은 누구보다 빠르게 영지로 돌아왔다.

"알바 구하시는 분!"

제국에 가서 원하는 것들도 얻어왔고 가죽 방어구 경매 홍보도 충실히 한 데다가 의도치 않게 쓸모는 없지만 제국의 상징도 하나 받아왔으니 챙길 건 다 챙긴 셈! 이제는 다음 콘텐츠를 위해 골드를 모을 시기였다.

"오빠! 여기야. 여기!"

한창 사냥하고 있는 스페셜리스트에게 반갑게 다가간다. 여전히 지겨운 사냥하는 모습에 혀가 절로 차이지만 고객이란 생각은 입가에 미소를 띠게 만든다.

"대금은 웬만하면 골드로 해주셨으면 좋겠습니다."

"돈 받는 놈 주제에 바라는 게 많기는."

"어허, 형님. 우리 사이에 그 정도도 못 해줍니까."

면박도 가볍게 웃어넘기는 여유까지! 돈 앞에서 한시민은 그 누구보다 착한 천사가 된다.

"자, 바로 시작하실까요?"

"……."

의욕에 불타는 한시민이 토끼들에게 손가락을 까닥였다. 말 한마디 없이 전달되는 의사. 토끼들이 열일곱만 남고 물러간다. 스페셜 오라 적용 대상 경험치 보너스를 최대한으로 받기 위한 최소한의 숫자!

"나머진 왜 가?"

"비효율적으로 몰려다니면 뭐해. 가서 한 푼이라도 더 버는 게 낫지."

"……."

악덕 사장의 속내. 아는지 모르는지 그저 좋다고 뛰어다니는 토끼들을 보면 언제나 불쌍하다. 동시에 그런 한시민과 누구보다 친하게 지내고 아마 세상에서 그에게 가장 많이 조공했을 자신들이 불쌍하기도 하고.

아깝거나 그러진 않지만 만약 이런 비즈니스 관계가 아니었다면 스페셜리스트와 한시민의 사이가 여기까지 발전될 수 있었을까는 의문이었다.

"그런데 영지에 유저가 많던데. 진짜 메인 퀘스트 공유한 거예요?"

"네."

"좀 아깝네요. 확실히 최선인 거 같긴 하지만."

"열심히 해서 앞서 나가는 수밖에 없죠, 뭐."

사냥을 시작하며 떨어져 있던 동안 생겼던 이야기를 나누었다. 대부분 한시민의 영지 발전에 관한 것이나 영지에 들어온 유저들로 인해 매출이 늘었다거나 혹은 한시민에게 직접적으로 이득이 되는 것에 관한 이야기였지만 그건 곧 스페셜리스트와도 연관이 있었기에 물 흐르듯 주고받았다.

"말하시면 도와드릴 순 있는데. 저희가 남도 아니고."

"시민 씨는 게임의 방향이 다르잖아요. 민폐를 끼칠 순 없죠."

달리 말하면 길드원 주제에 길드 활동도 잘 안 하는 놈이라는 말이지만 한시민은 묵묵히 고개를 끄덕였다. 맞는 말이고 앞으로도 그럴 예정이니까.

그가 스페셜리스트에 가입한 건 어디까지나 상부상조하기 위함일 뿐 소속되어 그의 행보에 방해를 받거나 하고 싶은 걸 하지 못하는 일은 원치 않았다.

굳이 게임이라서가 아니다. 어려서부터 그렇게 커왔고 하고 싶은 건 할 수 있는 나이가 되어서는 당당히 부모님께 자신의 꿈을 밝힌 뒤 한 푼 갖지도 못한 채 쫓겨나는 용기를 보였다.

인생에서 원치 않았지만 해야 했던 일이라면 입대! 그거 하나면 족하다!

"그래도 혹시 필요하면 언제든 불러만 주세요. 길드 DC 팍 팍 해드릴 테니까."

그래도 스페셜리스트는 그런 그를 이해해 주고 돈도 잘 주는 착한 사장님들. 거기다 만날 때마다 눈 호강까지 시켜주니 호감이 절로 생길 수밖에!

따뜻한 한마디에 정설아가 웃었다.

"그럼 오늘 매미 할인도 좀……."

"크흠, 그건…… 오랜만에 몸 좀 풀어볼까나."

돈 안 드는 말만 잘하는 한시민이 못 들은 척 사냥에 나섰다.

켄지는 부익부 빈익빈을 아주 잘 활용하는 금수저다.

"아이고, 뭘 이런 걸 다."

"영지 발전하시는 데 힘드실 텐데 좀 드시고 하시죠."

"감사합니다. 다른 모험가들은 몸만 쓰고 보상받는 거 좋아하던데 어찌 이렇게 마음씨가 고우실까."

"별말씀을. 저도 모험가고 떠돌이지만 리치 영지를 보고 지내다 보니 정이 붙네요. 하하. 어쩌면 여기서 정착할지도 모를 것 같습니다."

"그럼 환영이죠! 안 그래도 영지가 넓어지면서 사람이 더 필요했는데."

"만약 그렇게 되면 잘 부탁드립니다."

"당연하죠. 여기서 좀 쉬면서 쉬엄쉬엄하세요."

돈으로 NPC를 구워삶고 호감도를 올린다.

세상에 돈 싫어하는 사람 없다고 웃으며 다가오는 돈을 누가 마다하랴! 특히 리치 영지민들은 오랫동안 가난하게 목숨을 부지하며 살아온 이들이 아니던가. 딱히 악감정이 없으니 그들에 대한 호감이 빠르게 오르는 건 당연한 일. 무엇보다 제1순위인 영지 발전에 가장 큰 도움을 주는 길드이기도 했고.

"켄지 님 덕분에 영지를 둘러쌀 성이 생각보다 빨리 지어지고 있습니다. 보좌관으로서 정말 감사드릴 뿐입니다."

"하하, 혹시 영지 밖에 문제는 없나요? 저희가 또 이런 부분보단 모험가다 보니 몬스터와 싸우는 게 더 소질이 있어서요."

"아! 물론이죠. 많은 모험가분 덕분에 영지의 위험도 많이 줄고 몬스터들도 제법 멀리 도망갔지만 여전히 문제는……."

"저희가 충분히 도와드릴 수 있을 것 같은데."

"……음."

거의 다 왔다.

본능적으로 느낀 켄지가 박차를 가했다.

망설이는 보좌관!

예전이었다면 냅다 퀘스트를 내주었을 것이다. 스페셜리스트 역시 이보다 적은 호감도에 음침한 숲에 대한 퀘스트를 제공했었고.

하지만 지금은 다르다. 딱히 구체적으로 한시민이 명령하진 않았지만 누구보다 리치 영지에 대한 애착을 가지고 있는 보좌관은 현재 리치 영지에 대한 상황을 완벽하게 파악한 자!

'지금은 모험가들이 을이다!'

찬밥 더운밥 가려먹던 때는 지났다. 이제는 찬밥이라도 달라고 달려드는 거지가 많으니 그걸로 농사를 지어도 된다. 자연스럽게 커트라인은 높아지는 법.

"큼큼, 그건 아무래도 섣불리 외부인에게 말씀드리긴 좀 그렇고 영지 주변을 호시탐탐 노리는 몬스터 떼가 있긴 한데……."

"그거라도 좋습니다. 안 그래도 영지에 투자할 생각을 갖고 있는데 그런 불길한 일들이 일어나면 곤란하죠. 저희에게 맡겨주시죠."

"그럼 부탁드리겠습니다."

제아무리 1위 길드, 1위 부자라 한들 리치 영지의 마수를 피해갈 수는 없었다.

6

한시민의 골드 드래곤에겐 아직 이름이 없다. 펫 정보를 봐도 그냥 황금 헤츨링이라고만 쓰여 있지 이름 같은 건 나와 있지 않았으니까.

"그러고 보니 난 참 너에 대해 아는 게 없구나."

할 일 없이 사냥하는 거만 구경하던 한시민이 어깨에서 세월아 네월아 노래를 부르며 인생을 즐기는 헤츨링에게 말을 걸었다.

원래 사람은 심심하면 미친다던가.

"오빠, 혼잣말 할 거면 사냥 좀 도와."

"난 이미 많이 해서 지겹다."

일하느니 미치겠다!

지금의 알바가 아니더라도 이미 기사들과 12일 동안 찐한 밤을 보내고 왔기에 더 이상 사냥하고픈 마음이 없었다. 차라리 돈 처먹는 새끼 새와 대화를 시도하고 말지.

"빼애!"

오랜만에 말을 걸어준 주인에게 헤츨링이 머리를 비빈다. 영락없는 개새끼!

'……아니, 개새끼는 좀 아닌가.'

아무리 그래도 10억짜리 새인데.

자신의 가치는 누군가 자신을 얼마나 가치 있게 다뤄주느냐에 따라 달라진다는 말이 떠올랐다.

그래, 비록 나에겐 보잘것없고 틈만 나면 돈 처먹기 바쁜 새

새끼일 뿐이지만 어디 나가서 그런 무시를 받게 만들 순 없지.

"새야."

이것도 좀 아닌가?

"빼애!"

"그래, 빼액아."

"빼애액!"

적당한 이름이나 하나 찾아주려던 한시민의 머릿속에서 생각 없이 튀어나온 단어 중 하나에 헤츨링이 반응했다.

마음에 든다는 표정! 울음소리!

"빼액이가 좋아?"

"빼액!"

"그래, 너 빼액이 해."

"빼액! 빼액!"

본인이 좋다는데 뭐.

한시민에겐 빼액이의 이름이 빼액이든 새든 드래곤이든 상관이 없다. 돈만 잘 벌어다 주면 그만!

'이미 10억을 넘게 처먹었으니 꾸준히 기록해 둬야 해. 게임 망할 때까지 다 뽑아먹으려면…….'

단순히 한시민의 버프 셔틀로만 써서는 답이 없다.

비록 처음에야 돈 처먹는 새 키워봐야 돈만 더 들겠다는 생각에 버프를 올렸었지만 시간이 지날수록 빼액이의 성장에 돈을 투자하는 게 좋다는 생각이 들고 있었다. 그래도 드래곤이니까. 혹시 모르지 않는가. 언젠가 잔뜩 커져 소설 속에 나오는, 아니, 가상현실 게임에서 설정된 드래곤의 위엄을 갖추고 한시민을 대륙 최고의 부자로 만들어줄지!

"하아, 또 얼마를 처먹여야 할지."

물론 그 과정은 막막하기 그지없다. 부화에만 만 골드를 처먹은 대단하신 양반이라 기준을 잡는 것도 상당히 불편하다.

하나 손은 절로 골드 주머니로 향한다. 이미 그의 머릿속엔 거대해진 골드 드래곤을 타고 대륙을 누비는 그림이 그려졌다.

세상에서 제일 짠돌이에 돈이라면 사족을 못 쓰는 한시민이지만 다른 짠돌이들과 다른 점이 있다면, 바로 쓸 땐 쓴다는 점! 특히 그게 본인이 원하고 하고 싶은 일이라면 전 재산을 털어 넣는 데에 망설임이 없다.

"자, 빼액아. 누가 이기나 한번 해보자."

게다가 요즘 한시민은 생활에 불편함을 느끼지 않고 있다. 집도 있고 통장엔 52억이라는 거금도 있고! 당장 2억만 있어도 10년은 숨만 쉬고 살 자신이 있는 그에게 절약이라는 단어는 사라져 있었다.

"빼액!"

현재 보유 중인 1,100골드 중 100골드를 먼저 내민다.

좋다고 받아먹는 빼액이.

골드 성장을 사용하자 몸에서 빛이 번쩍인다.

[골드 포인트(100)를 획득했습니다.]

[골드 성장(SS)을 활성화합니다.]

[+15 황금 헤츨링의 레벨이 올랐습니다.]

[+15 황금 헤츨링의 레벨이 올랐습니다.]

[+15 황금 헤츨링의 레벨이 올랐습니다.]

…….

[+15 황금 헤츨링이 스탯 포인트(25)를 획득했습니다.]

100골드 어치 포인트를 사용하자 오르는 다섯 개의 레벨. 그리고 25개의 스탯 포인트.

홀로그램을 보던 한시민의 시선은 떨어질 줄을 몰랐다.

1분, 2분, 10분.

"……끝이야?"

더 이상의 변화 따위는 없었지만 기대는 여전히 사그라지지 않는다.

당연하다. 설마 100골드를 처먹고 고작 5레벨에서 멈출 줄 누가 예측했겠는가.

조금 더 기다려 보기로 했다. 하지만 스페셜리스트의 사냥이 치열해지고 휴식을 취하는 때가 올 때까지도 조용했다.

인상을 잔뜩 찌푸린 한시민이 어깨 위의 빼액이를 들어 올렸다. 동시에 머리부터 발끝까지 정교한 시선이 꼼꼼히 훑는다. 머리털부터 시작해 발톱까지.

달라진 게 있나, 혹시 키가 좀 크진 않았나, 덩치가 불진 않았나, 날개가 커지진 않았나.

"……오빠, 뭐 해?"

"야야, 예슬아. 일로 좀 와봐. 애 뭔가 좀 성장한 거 같지 않아?"

"아니? 전혀?"

"좀 잘 봐봐. 그래도 태어난 지 좀 됐고 처먹기도 많이 처먹었는데 클 때가 되지 않았어?"

"에이, 내가 보기엔 그대로구만. 당연히 드래곤인데 성장하는 데 특별한 조건이 있겠지. 처먹이기만 한다고 쑥쑥 크겠어?"

"……."

골드를 처먹이기만 하면 쑥쑥 크긴 큰단다. 지금까지 태어나서 처먹인 금액만 벌써 차 한 대 값은 되는 것 같고.

문제는 그거다. 성장 조건에 맞춰 골드를 퍼붓는데 크질 않는 거.

오류일 리는 없다. 그렇다면 답은 하나겠지.

"……너, 얼마나 먹어야 크냐?"

"빼애액!"

빼액이의 시선에 열려 있는 골드 주머니로 향했다. 대화가 통하진 않지만 왠지 모르게 해석이 되는 것 같았다.

'성장하는 덴 아직 100골드밖에 안 썼어요, 주인님!'

"하아."

한숨이 절로 나왔다.

7

전 재산을 털었다. 1,000골드의 추가 지출. 공짜로 받은 거니 맘 편히 쓰자는 마음가짐으로 내밀긴 했지만 받아먹는 빼액이를 보고 있노라니 손이 떨리고 심박 수가 증가하는 기분. 그럼에도 참고 천천히 스킬을 활성화시켰다.

그래도 100골드에 5레벨이 올랐으니 1,000골드면 적어도 20레벨은 오르겠지?

마음 같아선 50레벨까지 바라고 싶었으나 판타스틱 월드 특성상 그렇게 호락호락 꿈을 이뤄줄 리가 없었다. 유저들도 레벨이 오를수록 필요 경험치량을 욕 나오게 높이는데 드래곤이라고 다를까. 오랜만에 양심을 찾고 제발 중간만을 바랐다.

하나 그 역시 한시민만의 소망이었을 뿐.

"……20레벨을 앞두긴 했는데."

너무하는 거 아니냐.

고작 14레벨 올렸다. 덕분에 레벨을 올리는 데 필요한 골드의 양을 알게 되긴 했지만.

"알면 뭐해, 시바. 비싸서 올리지를 못하는데."

1레벨부터 10레벨까지 1레벨당 20골드, 11레벨부터 20레벨까지 1레벨당 100골드. 그럼 20레벨부터는? 최소 500골드, 양심에 털이 나 있으면 1,000골드. 혹은 그 이상을 받아 처먹을지도 모르지.

그나마 11레벨부터는 주는 스탯 양이 10씩이기에 망정이지 그도 아니었으면 정말 베타고에게 쌍욕을 세 시간 동안 퍼부어도 성이 풀리지 않았을 것이다.

"후우."

그래도 어쩌겠나. 키워야지, 내 자식인데.

게다가 무엇보다 큰 걱정은 여전히 쥐똥만 한 크기라는 거다.

"빼애?"

"뭐가 좋다고 빼애야, 빌어먹을 돈 덩어리 자식아."

"빼애!"

레벨이 오를수록 컸으면 했는데 역시 진화라든가 하는 특수한 조건을 만족시켜야 하는 건가.

하긴, 유저도 일정 레벨을 달성해야 전직 같은 걸 해서 강해지는데 펫이라고 다를까.

'부디 30레벨엔 조금 커지길.'

이왕이면 대빵만 하게 커져도 좋고.

"난 그냥 빼액이가 그렇게 작은 것도 나쁘지 않은 것 같은데. 귀엽고 좋잖아?"

"……빼액아, 저런 땅딸막한 아줌마 말은 무시해. 알았지? 넌 크고 굵을 때가 아름다운 드래곤이야."

"빼애!"

그럼, 그럼. 말은 잘 듣네.

강하게 고개를 끄덕이는 빼액이의 머리를 쓰다듬는다.

강예슬이야 자기 돈 안 먹이고 지가 키우지도 않으니 저런 속편한 말을 할 수 있지. 10억씩 먹이고 부화시킨 새가 하루 종일 빼액대며 지저귀기나 하고 배고프다고 골드를 달라고 아우성치면 어떤 기분이겠나.

꽤 도움이 되는 버프를 준다고 하지만 그 역시 한시민의 주머니에서 나온 돈!

하루 빨리 커서 독립해 결혼도 하고 용돈을 주는 어른이 되었으면 하는 게 부모의 바람이다.

"다크 드래곤이나 레드 드래곤 같은 거 잡아서, 아니, 산 채로 기절시켜 가져오면 더 좋고. 싱싱한 고기가 더 잘 팔리니까."

"어휴."

동족을 죽이라는 말을 저렇게 편하게 하다니. 그걸 또 좋다고 고개 끄덕이는 황금 참새라니.

그래도 덕분에 사냥이 지루하진 않았다. 앉아서 너 죽자 나 살자 골드를 퍼 먹이는 한시민을 보는 재미가 쏠쏠했으니.

"안 되겠다. 골드 좀 더 사야겠어."

그리고 쥐뿔만 한 참새를 계속 둘러보다 결심한 얼굴로 일어나는 한시민을 보는 것도 흥미로웠다.

원래 세상에서 제일 재미있는 구경이 불구경, 싸움 구경, 그리고 남이 돈 쓰는 구경인 법이니까.

당연히 골드 드래곤을 키우는 데 통장에서 잠자고 있는 52억을 쓸 생각은 전혀 없었다. 그 돈은 언제든 게임에 쓸 준비가 되어 있었지만 현금으로 환산한 돈은 어디까지나 최후의 수단! 게임에서 파산할 정도가 아니고 당장 골드가 없으면 가진 모든 걸 잃는 상황도 아닌데 왜 노후 대비 자금을 건드린단 말인가!

비록 한시민이 지금 빼액이의 성장에 눈이 돌았고 빨리 크는 모습을 보고 싶다고 한들 그런 멍청한 짓까지 할 정도로 빠지진 않았다.

지금 바로 돈을 더 먹이고 싶은 건 사실이지만 돈 나올 구멍은 충분히 많고 방법도 다양하다.

"보좌관님."

"아! 영주님!"

그 첫 번째가 바로 그가 소유한 영지!

나날이 발전하고 성장하며 유저들의 메인 퀘스트 떡밥에 낚인 유입으로 드디어 적자를 벗어나 여유 자금이라는 걸 쌓고 있는 곳!

앞으로의 미래가 창창하고 북쪽과 동쪽, 남쪽에 드넓게 펼쳐진 미지의 땅을 개척만 잘해도 돈방석에 앉는 건 시간문제인 노다지 땅!

"돈 좀 줘요. 골드로."

몬스터로 인해 망해 버린 영지를 밑바닥에서, 아니, 맨틀에서부터 끌어올리기 위해 전 재산이나 다름없었던 돈을 투자하고, 몬스터들의 침입을 막아주기 위해 마탑에서 마법진까지 사서 설치해 준 영주로서 이 정도의 요구쯤이야!

게다가 유저들을 불러들이는 데도 가장 큰 역할을 했고 앞으로 귀족들도 경매를 빌미로 리치 영지의 위대함을 알게 되지 않는가.

입소문은 곧 성공의 발판.

현실처럼 판타스틱 월드에 SNS라도 있다면 좋겠지만 아쉬운 대로 귀족 파티에서 리치 영지에 대한 이야기가 각각 세 번씩만 나와도 이곳은 더 이상 볼모지가 아닌 교통의 중심지, 유흥의 핵심 영지가 되는 것이다.

"……보유 중인 골드가 없습니다, 영주님."

"엥?"

그렇기에 당당했다. 밖은 온통 공사 중인 곳 천지인 걸 알면서도. 영지 중심은 이제 활발하게 돌아가고 있고 상인들도 하나둘 늘고 있었으니까. 내가 돈 좀 빼간다고 별일은 없겠지.

그런데 뭐?

"싫은 것도 아니고 없어요?"

"예, 영주님. 영지 전 재산을 전부 돌리고 있는 중이라 뺄 수 있는 현금이 없습니다."

미친.

"왜요?"

이유야 댄다면 수백 가지도 댈 수 있으리라.

하지만 물어볼 수밖에 없었다.

"내가 가져다준 몬스터 사체들은? 혹시 토끼들이 먹고 날랐어요? 아닌데, 그럴 리가 없는데."

"……모두 처분해 곧바로 투자했습니다."

"대체 어디에?"

"현재 리치 영지를 둘러싼 성벽을 짓는 데 모두……."

"으아아아악!"

이런 기분이었구나.

소설이나 드라마, 영화 기타 등등. 어디서든 무슨 건물을 짓거나 땅을 발전시킬 땐 항상 몇 달 후, 몇 년 후 이런 식으로 지나가고 주변 나무나 돌덩이 구해다가 대충 짓는 것 같아 몰랐는데 이렇게 막상 150% 현실적인 게임에서 무언가를 발전시키고 짓는 걸 겪어보니 알 것 같다.

숨 쉬고 먹는 것만이 돈이 아니었다.

짓고 넓히고 화려하게 만들고.

사람 살 곳을 만드는 건 더 큰 돈이 들어간다. 그리고 그 돈은 전부 내 돈이고.

"하아, 알겠어요."

아마 모두 완성이 되면 뿌듯할지도 모른다. 단단하게 서 있는 성벽이 전부 골드로 보일수도 있지만 그 정도야 오랜 내공으로 기억 속에서 지워 버리면 그만이고, 유저들이 지나다니며 감탄하고 들러서 돈을 쓰는 걸 보면 행복할 수 있을 테니까.

하지만 지금은 아니다. 그냥 괴롭다. 그 돈이면 골드 드래곤을 어쩌면 조금이나마 성장할 때까지 먹일 수 있지 않았을까.

"……."

후회는 길어봐야 자신만 고통이다. 내 이런 마음을 호소해봐야 영지밖에 모르는 저 돼지 같은 바보가 알아주기나 할까.

짓던 성벽에서 돌을 빼 골드로 환불해 줄 리도 없다.

빌어먹을. 괜히 보좌관이 쓸데없이 충실해서는. 이럴 땐 비자금도 좀 조성해 놓고 사악하게 웃으며 영주에게 굽실거려야 하는 거 아니냐고!

힘 빠진 걸음으로 영주 건물을 나섰다. 다음 방법을 찾아야지 어쩌겠나.

"하아."

두 번째 방법은 조금 귀찮은데.

그러면서도 어느새 한시민의 손은 가죽 주머니 안으로 들어가 망치와 모루를 쥐고 있었다.

예전이었으면 마을 한복판에서 모루와 망치를 내려놓고 대리 강화를 한다고 해도 관심 갖는 유저가 없었을 것이다.

골드 시세는 떨어지기는커녕 이제 12만 원 선을 향해 솟구치고 있고 한창 레벨을 올리고 있는 유저들에게 있어 되돌릴 수 없는 장비 강화보다는 좀 더 옵션이 좋은 장비에 돈을 투자하는 게 효율적인 건 부정할 수 없는 사실이니까.

하지만 여긴 리치 영지다. 전 세계 상위 0.1% 안에 드는 유저들이 모인 장소. 메인 퀘스트 2막을 위해 평소 상대하던 몬스터들보다 훨씬 강한 적을 마주한 상황. 스펙의 부족함을 느낄 수밖에. 자연스럽게 다른 방법을 찾게 되고 추가적인 장신구를 맞추는 것보다는 비용이 저렴한 강화에 기댈 수밖에 없다.

거기다 한시민의 인지도는 불과 몇 달 전과는 차원이 다를 정도로 올라가지 않았던가. 방송에서 몇 번 나온 그의 진홍빛 오라 무더기와 강화를 성공하는 홀로그램들은 유저들에게 있어 신뢰를 형성하게 만들었다.

"강화 얼마예요?"

"5강까진 2골드, 7강까진 5골드, 11강까진 10골드입니다. 추가되는 확률은 10%당 가격이고요."

"우선 8강까지만 해주세요."

"네, 손님."

물론 그렇다고 벌 떼처럼 몰려들진 않았다. 직접 경험했다 올라온 경험담은 많지 않았으니까.

돈에 여유가 있는 유저 몇 명이 우선적으로 다가갔다.

내미는 조촐한 장비. 나름 비싼 돈을 주고 맞춘 것이지만 한시민이 입고 있는 황궁 창고 출신의 스페셜 방어구 세트와는 감히 비교조차 할 수 없을 정도.

선금을 받은 한시민이 뻘쭘하게 서 있는 유저를 뚫어져라 보았다.

"……?"

"강화석도 본인 부담입니다, 손님."

"아, 그건 없는데……."

"저기 강화소에서 개당 2골드에 팔고 있으니 구매해 오세요."

"……원래 강화석은 1골드 아니에요?"

"그러게요. 여긴 좀 멀어서 그런가. 미리 구해오시면 싸게 하실 수 있으셨을 텐데."

가장 먼저 지어진 강화소에 적당한 영지민 한 명을 바지 사장으로 세워놓고 자신의 강화석을 두 배나 받아먹고 파는 양아치 짓까지! 빼액이를 키우기 위한 한시민의 노력은 눈물겨웠다.

하나 다른 사람의 동정까지 받을 필요는 없겠지.

돈을 받은 한시민의 망치가 하늘 높이 치솟았다.

'처음이니까…….'

돈은 10%만큼만 받았지만 지켜보는 눈들도 있고 수작을 좀 부릴 필요가 있어 보인다.

탕!

호쾌한 소리! 그리고 성공!

언제나 그렇듯 다른 사람의 아이템 강화엔 영 긴장이 생기지 않는다.

터져도 뭐, 내 것도 아닌데.

그런 마음이 표정에 드러나니 다른 사람들의 눈엔 태연한 걸로 보일 수밖에.

"와."

처음이야 옅은 감탄이었다. 두 번째는 '오오?' 느낌이었고 세 번째는 '어라?'였다. 하지만 대부분의 유저는 일반적인 게임을 거쳐 온 이들. 강화는 익숙하다. 해서 좀 더 선심을 썼다. 8강까지만 바랐던 유저를 위한 서비스라기보단 보다 많은 호갱들을 끌어모으기 위한 퍼포먼스!

탕! 탕!

"헐!"

4강, 5강, 6강. 연속으로 번쩍이는 빛은 유저들로 하여금 놀라움을 중첩시켰다. 이리저리 자리를 옮기며 보이는 의식 역시 유저들의 추억을 상기시키며 향수를 자극했다. 누구나 한 번쯤 컴퓨터 앞에서 강화 버튼을 두고 기도하거나 절하거나 의식을 취하거나 하지 않아본 자가 어디 있겠나!

7강 성공엔 더 이상 영혼 없는 감탄이 튀어나오지 않았다.

"……와!"

진심 어린 존경이 있을 뿐.

그리고 8강에서 포텐이 터졌다.

"저도 해주세요!"

"저도요!"

돈을 들고 몰려드는 유저들을 보며 한시민이 웃었다.

'너희들은 운 좋은 호갱들이다. 특별히 10% 서비스 해준다.'

내일을 위한 오늘의 서비스!

강화의 명소라는 타이틀을 따게 될 리치 영지의 첫 걸음이 시작되고 있었다.

Episode 20.

내가 더 많이 사랑한 죄

1

나비효과.

지구 반대편의 작은 호랑나비의 날갯짓이 거대한 돌풍이 되어 몰아친다는 아주 유명한 현상이자 영화로까지 만들어진 그럴듯한 이야기.

'설마 그렇게까지 되겠어?' 하는 생각과는 별개로 실제로 꽤 많은 상황에서 적용되고 있다.

가장 대표적이고 젊은 세대가 이해하기 쉬운 사례라면 역시 게임.

판타스틱 월드가 나오기 전 PC 게임을 지배하던 AOS에서는 이 나비효과를 스노우 볼이라 부르며 너무나도 당연한 현상처럼 받아들이고 이야기해 왔다.

게임 시작부터 굴러가는 작은 나비의 날갯짓.

미니언 하나, 골드 조금, 오브젝트 하나씩 챙겨 나가다 보면 5분, 10분이 흘렀을 때 별다른 일이 벌어지지 않았음에도 상대와의 격차는 벌어지고 싸움에서 작든 크든 이득을 볼 수 있게 된다. 그게 20분, 30분이 된다면 정말 거대한 폭풍, 작은 눈덩이가 큰 눈사태가 되어 게임을 지배하는 일까지 벌어지고.

그렇기에 게임을 많이 한, 그리고 많이 본 유저에겐 익숙하다.

한시민 역시 마찬가지. 비록 손해를 보고 제법 많은 유저들에게 그의 강화 혜택을 조금 더 베풀었지만 전혀 아쉬워하지 않았다.

'되돌아오게 되어 있어.'

왜 가게들이 목에 칼이 들어와도 밑지고 장사하지 않으면서 오픈할 때만큼은 진짜 손해 보는 게 아닐까 싶을 정도로 퍼주겠는가!

기대만큼 매출이 나오지 않더라도 미래를 보는 것!

입소문을 타고 그 가게 맛있더라, 서비스가 좋더라, 양이 많더라.

사람들에게 퍼지고 더 많은 손님이 오고 단골이 유치되고. 첫날 감수했던 손해 따위는 생각도 안 날 정도로 장기적인 이득을 취할 수 있다.

그리고 그건 맛집뿐 아니라 전자 제품 등등 모든 상황에 적용할 수 있다.

강화라고 다르랴. 적게는 5강, 많게는 10강까지 한 유저들이 공헌도를 어느 정도 쌓고는 슬슬 근처 사냥터로 향하기 시작했다.

메인 퀘스트와는 별개로 보상이 짭짤한 퀘스트가 많다는 소문을 듣고 계속해서 몰려드는 초보 유저들은 성을 짓고 있지만, 어차피 강화한 손님은 대부분 고레벨!

그들이 사냥터에 나가서 가장 먼저 느끼는 게 무엇일까?

'차이겠지.'

어제와는 다른 공격력의 차이, 들어오는 대미지의 차이.

NPC들과의 호감도를 쌓으면서도 시간이 날 때마다 주변 사냥터들을 전전하며 어디가 경험치를 많이 주는지 시험해 보고 다녔을 것이다.

그때와 눈에 보일 정도로 달라진 걸 느끼고 나면?

과연 강화하는 데 들었던 비용이 그때도 아까울까?

웬만큼 장비를 맞춘 시점에서 그만큼의 효율을 더하려면 장신구를 사기 위해 적어도 강화할 때 쓴 돈보다 3배 이상 써야 하는데도?

곧바로 지인과 길드원들에게 강화의 효율성에 대해 전파하게 된다.

찬양까지도 필요 없다.

그저 좋다더라.

효율이 괜찮던데?

어쩌면 메인 퀘스트 2막 공략의 열쇠는 강화일지도 모르겠다.

한마디씩만 해도 한시민의 전략은 성공한다. 그 치밀한 설계의 성과가 5일째 되는 오늘, 눈에 보이고 있었다.

"강화 좀 부탁드립니다."

"시민 님, 전 10강까지 할 겁니다!"

"10%당 2골드라고 하셨죠? 전 시작부터 20%씩 부탁드립니다."

"혹시 30%도 가능한가요?"

저투자 고효율은 모든 유저의 꿈.

특히나 이런 고스펙 고레벨 사냥터에선 몬스터 사냥에 걸리는 시간을 무려 몇 분이나 단축시켜 줄 중요한 요소다.

리치 영지라는 지리적 명당을 발견하고 신 사냥터를 발견한 입장에서 지갑을 열지 않으면 시대에 뒤처지는 랭커!

한시민의 지갑이 두꺼워지기 시작했다.

빼액이가 다 처먹어 하나도 없던 반짝이는 금화가 어느덧 다시 2천 골드가 되어 있었으니 엄청난 성공.

"역시 장사는 명품 장사야."

감개가 무량했다. 이보다 더 많은 돈을 벌어본 적도 있고 지금 또한 강화하지 않는 시간엔 스페셜리스트와 사냥하며 그에 필적하는 돈을 쌓고 있지만 장사하는 사람으로서 한 명에게서 벌어들이는 돈이 어디 고정 수입이라 말할 수 있겠는가!

이런 식으로 본업인 대리 강화에 입지가 높아진다면 나중에 스페셜리스트가 게임을 접게 된다고 하더라도 먹고사는 걱정은 하지 않아도 된다.

'그럴 일은 없겠지만.'

사람 일이라는 게 한 치 앞을 볼 수 없지 않은가.

스페셜리스트가 접는 것보다 판타스틱 월드가 망하는 게 빠르지 않을까 싶지만 그 전에 혹시라도 틀어지게 되거나 하는 경우의 수야 셀 수도 없이 많으니까.

"크."

하루 장사를 마감하며 가득 찬 골드 주머니를 털어 내리며 세는 한시민에게 빼액이가 탐욕 가득한 눈빛으로 다가왔다.

"습, 안 돼!"

"빼애……."

단호하게 치는 실드.

어차피 먹이려고 벌긴 했지만 지금은 안 된다.

원래 무엇이든 찔끔찔끔하면 되려는 것도 실패하는 법. 가끔가다 신이 자다가 흘린 털로 만들어져 한두 개 산 로또가 당첨되는 경우가 없잖아 있긴 하지만 한시민은 그런 타고난 행운아들과는 다르니까.

"한 5천 골드 모이면 다시 먹어보자."

"빼애."

거의 일주일 동안 뼈 빠지게 강화해서 벌어들인 돈이 2천 골드다. 많다면 많은 돈이지만 강화란 게 한 번 하면 장비를 바꾸기 전까지 계속해서 쓰니 신규 손님을 찾아야 했다. 게다가 리치 영지의 고레벨 유저는 대부분 강화를 했기에 추가적으로 3천 골드나 되는 거금을 벌 구멍이 보이지 않았다. 그러나 한시민은 여유만만이었다.

"켄지 놈들. 지들이 버텨봤자지."

아직 대륙 최고의 호구들이 남아 있었으니까!

자존심 때문에 한시민에게 감히 손을 내밀 생각조차 하지 않고 있지만 지들이 어쩌겠나.

돈이 아무리 많아 봐야 강화란 건 그렇게 호락호락한 게 아니다.

어찌어찌 자기 무기는 12강을 했지만 과연 그걸로 그가 만족할까? 길드원들의 강화는?

충분히 강하고 머릿수도 많아 사냥에 어려움이 당장은 없겠지. 하지만 조만간 다가오고야 말 것이다.

'중간 네임드 몬스터가 엄청 강할 거라고 했지.'

정설아가 포기하고 정보를 풀었을 정도다. 최소 추정 레벨이 적어도 120이라니 말 다 했지. 한시민조차도 이상한 호랑이 떼에게 고생하다 불을 지름으로써 무승부를 기록하지 않았는가!

"오게 돼 있어, 그놈들."

원래 필요한 놈이 먼저 다가온다.

돈 앞에선 한시민이 세상 누구보다 약자지만 그래도 그는 강약 조절을 할 줄 아는 멋진 남자.

골드 주머니를 갈무리하며 다리를 꼬았다.

"좋다."

현실의 한시민이야 캡슐 안에서 가수면 상태로 벌써 한 달이 넘게 있었지만 젊은 몸뚱이에 그런 시련 정도야!

'통장에 돈만 쌓이면…… 은 아닌가?'

어깨 버는 돈이 족족 게임에 투자되는 찝찝한 기분 따위는 모른 척하기로 했다.

언제나 그렇듯 우린 답을 찾을 것이다!

정설아는 결국 음침한 숲의 지배자에 대한 단서를 찾았다.

"언니, 진짜 미친 것 같아."

물론 확신하는 건 아니다. 음침한 숲 자체가 워낙 넓고 모든 곳을 돌아다니며 증거를 수집하는 건 거의 불가능에 가까우니까.

하지만 경우의 수를 무려 넷까지 줄였다는 것만으로도 그녀의 노력은 충분히 인정받을 만했다.

"이 넷 중 하나일 거야."

"……와."

정설아 혼자 해낸 일은 절대 아니다. 사냥하며 꾸준히 돌아다녔고 한시도 떨어진 적이 없으니까.

하나 강예슬은 그런 머리를 쓸 정도로 집중력이 좋지 않다. 그저 몬스터가 보이면 때려잡고 마법을 쓸 뿐.

"우선 기본적인 몬스터 스펙 자체가 강하고, 신체 능력 위주의 네임드 몬스터가 존재하는 종류에, 다른 몬스터의 영역을 아무렇지 않게 돌아다니는 이들을 우선으로 찾았는데 아니라면……."

게다가 줄인 경우의 수도 정답이라는 확신도 없다. 그럼에도 이야기를 들은 유저들은 하나둘 모였다. 음침한 숲의 지배자를 처치하라는 퀘스트를 받은 이들만 어느덧 두 자릿수가 넘어가는 시점에서 그녀의 추리는 꽤나 반갑게 들려왔으니까.

"우선 해당 사냥터에서 사냥하다 네임드 몬스터를 찾으면 뭉쳐서 레이드하는 쪽으로 방향을 잡죠."

"좋습니다."

거기엔 켄지 길드도 포함되어 있었고 나쁘지 않은 제안에 고개를 끄덕였다.

동시에 유저들이 흩어졌다. 당연히 말을 들어 처먹는 길드가 있을 리가 없었다.

특히 켄지 길드! 그들은 스페셜리스트는 물론 한시민에게 아주 유감이 많은 이의 집합체. 그런 그들에게 협조한다?

"길마님, 네임드 몬스터를 찾았습니다."

"모두 모이세요. 정보 보안 단속 철저히 하고 주변 유저 없나 확인하세요."

"예!"

일부러 스페셜리스트가 없는 쪽으로 향한 그들은 많은 머릿수를 바탕으로 네임드 몬스터를 찾았다.

"모두 준비됐습니까?"

"예!"

아주 자연스럽게 지들끼리 시작하는 레이드!

누구도 토 다는 이 없었고 이러면 안 되는 거 아니냐고 의문을 제기하지 않았다.

나쁜 짓이 아니니까!

"운이 좋길 바랍시다."

"와아아!"

"여기서 먼저 나아가면 2막은 우리 독점입니다."

게임에서 매너 따위! 먼저 먹는 놈이 임자지!

어차피 함께 나눠 먹을 수 있는 보상도 아니지 않은가. 직접 부딪치기보단 그냥 먼저 먹는 게 낫다.

자신만만하게 나아가는 켄지의 입꼬리가 말려 올라갔다.

'역시. 게임 플레이는 PVP가 전부는 아니지.'

메인 퀘스트를 먼저 먹고 보상을 독차지하고 그를 바탕으로 레벨 격차를 줄이고! 그러다 보면 지금의 치욕은 충분히 잊을 수 있으리라!

의지만으론 드래곤도 때려잡을 켄지 길드가 네임드 몬스터와 부딪쳤다.

2

"생각보다 빨리 오셨네?"

"……강화를 부탁드립니다."

"저한테요? 저기 강화소도 있는데?"

소파에 앉아 다리를 꼰 채 삐딱하게 웃는 한시민이 턱으로 강화소가 있는 방향을 끄덕였다.

아인 왕국에서 아직 칸을 데려오지는 못했지만 가문의 강화사 몇 명을 지원받았다. 따라서 강화소에서 강화하고자 한다면 충분히 할 수 있는 상황! 물론 확률은 한시민에 못지않지만 켄지의 자존심을 생각한다면 이런 건 자연스러운 반응!

"돈은 얼마든지 드리겠습니다. 강화를 부탁드립니다."

비꼬는 말에 켄지가 이를 악물고 다시 한번 부탁했다.

자존심?

그는 나아가기 위해 그런 것쯤이야 언제든 버릴 준비가 되어 있다.

한 유저에게 부탁하기 VS 네임드 몬스터 하나 못 잡아 길드원들을 반이나 잃고 허겁지겁 도망치는 길마.

뭐가 더 자존심 상하는 일인지는 굳이 비교하지 않아도 판단할 수 있으니까.

"흐음."

한시민이 턱을 쓰다듬었다.

원하는 상황이 드디어 왔군. 굳이 밀당을 하지 않아도 호갱은 돈을 지불할 충분한 준비가 되어 있고. 그럼 이쯤에서 뜯어먹어 볼까?

"좋습니다."

"감사합니다."

"전 공과 사는 구분할 줄 아는 현명한 사람이거든요."

"……역시. 대단하십니다."

자신은 물론 길드원을 몰살시키고 아이템까지 털어간 놈의 비위까지 맞춰야 하다니.

속이 부글부글 끓었지만 미소를 유지했다.

"근데 아쉽게도 이번엔 중립을 유지하기가 조금 힘드네요."

"……."

“그래도 사람인데 절 막 귀찮게 굴고 죽이려고 하고 현실까지 찾아와서 어쩌니 뭐니 말을 들었는데…….”

“…….”

언제 그랬냐.

그 정도까진 아니었다. 먼저 건든 걸 제외하곤 피해를 받은 건 켄지 길드 쪽이고.

하지만 입이 열 개라도 할 말이 없는 을.

“가격 좀 올리면 그래도 참고 강화할 수 있을 것 같기도 하고…….”

“……드리겠습니다.”

“콜!”

벌레 보듯 보며 곤란하다는 표정을 짓던 한시민이 언제 그랬냐는 듯 일어나서 자세를 풀고 손을 내밀었다.

완벽한 비즈니스 마인드!

오늘의 적은 내일의 호갱이다!

기다렸던 대주주가 찾아왔다.

3

현재 음침한 숲에서 벌어지는 난리는 길드 대화를 통해 고스란히 한시민의 귀에 들려왔다.

평소에야 길드 대화를 꺼두고 있지만 켄지 길드에게 한바탕 뽑아먹고 이를 갈며 다시 들어가는 그들을 보고 있노라니 왠지 모를 꿀잼이 예상됐기 때문에 오픈했다.

예상대로 정확히 들어맞았다.

–으악! 언니! 왼쪽!

–파이어 볼!

–오빠! 정면도 봐줘! 뒤도! 위도! 뭐야, 이런 미친!

–……내가 혼자 어떻게 다 막냐.

–막아야지 그럼! 나 뒤져! 으아아악!

길드 대화를 통해 고스란히 전해오는 스페셜리스트의 고통.

편하게 앉아 주스를 빠는 한시민이 그걸 즐겼다.

'역시 남의 고통은 나의 행복.'

본격적으로 경쟁은 심화될 것이다.

켄지 길드가 제아무리 스페셜리스트, 아니, 한시민에게 시달렸다고 해도 여전히 그들은 판타스틱 월드 내에선 1위 길드라 소문이 자자하고 켄지가 가진 자금력과 인력 동원 수준은 그것을 현실로 만들어내는 압도적인 힘이니까.

스페셜리스트와 켄지 길드의 대치!

마음은 스페셜리스트 쪽으로 기울지만 기대가 안 되는 건 아니다.

누가 이길까.

"읏차."

어찌 됐든 한시민에겐 둘 다 소중한 호갱님이다. 굳이 한쪽을 선택하자면 당연히 스페셜리스트겠지만.

—아아아악! 언니, 튀자. 이거 아직 안 돼.

—쳇, 우리끼리 될 줄 알았는데.

—하여튼 언니도 알아줘야 한다니까. 안 그렇게 생겨가지고 어쩜 내 취향에 쏙 맞는 행동만 할까. 언니, 나랑 결혼할래?

—미안한데 난 남자가 좋아.

—에이, 언니. 남자고 여자고 불 끄면 다 똑같아.

—징그러워.

—헤헤.

아닌가. 신경 쓸 필요가 없나.

저런 와중에 여유로운 대화도 나눌 정도라니. 역시 대단해. 인정해 줘야 해.

고개를 끄덕이며 자리에서 일어났다.

어쨌든 한시민의 포지션은 결국 팝콘이다. 음침한 숲에서 싸움이 나든 말든 싸움이 심화되면 될수록 이득을 보는 건 역시 무기 밀매상일 테니!

"난 빼액이나 키워야겠다."

"빼애애애액!"

가죽 방어구 경매도 얼마 남지 않았다.

적어도 이 작은 새를 그래도 날개 파닥이며 날아다닐 정도로는 성장시킬 수 있지 않을까.

기대와 함께 골드를 먹이기 시작했다.

우선 100골드.

"빼애애!"

[골드 포인트(100)를 획득했습니다.]

[골드 성장(SS)을 활성화합니다.]

[+15 황금 헤츨링의 레벨이 올랐습니다.]

[+15 황금 헤츨링이 스탯 포인트(10)를 획득했습니다.]

20레벨을 달성하고 침을 삼키며 조심스레 500골드를 내민다.

'제발.'

500골드에 1업이 아니라고 말해줘. 사실은 200골드만 처먹으면 레벨이 오른다고 당당하게 선언해 줘!

"빼액!"

[골드 포인트(500)를 획득했습니다.]

[골드 성장(SS)을 활성화합니다.]

[+15 황금 헤츨링의 레벨이 올랐습니다.]

[+15 황금 헤츨링이 스탯 포인트(10)를 획득했습니다.]

"……."

그래, 헛된 꿈이지. 뭘 더 바라겠냐.

허탈한 웃음을 지은 채 골드를 꺼내려던 한시민의 손이 멈칫했다. 황금 헤츨링의 정보를 보다 무언가를 발견했기 때문.

"200포인트가 남았다?"

안도의 한숨이 나오는 소식!

30레벨까지 5천 골드가 필요할 줄 알았는데 2천 골드가 절약된다는 게 왜 이렇게 기쁜 걸까.

결국 다 이놈 입에 들어갈 걸 알면서도.

"빼애애액!"

"에휴."

100골드를 마저 먹여 22레벨을 달성시킨 후 300골드씩 먹이면서 30레벨을 찍었다.

동시에 기대하는 눈빛으로 빼액이를 노려보았다.

무언가 변화가 있을 때가 됐는데.

본능적인 감이 그렇게 말해주고 있었다. 그리고 패턴으로 봐도 그럴 때가 왔다. 3,200골드나 먹었으니까.

'변해라, 변해라, 변해라.'

진화가 어떤 식으로 이루어지는지는 모르지만 눈빛만으론

이미 머릿속의 거대한 드래곤을 실체화시킨 한시민의 소망이 하늘에 닿았다.

"빼애애!"

[+15 황금 헤츨링의 1차 진화 조건을 충족시킵니다.]

[1차 진화가 시작됩니다.]

"……!"

황금 헤츨링의 몸에서 자신의 정체성을 드러내듯 찬란한 황금빛이 세상을 뒤덮을 만큼 뿜어져 나왔다.

음침한 숲을 두고 네 지역에 네 세력이 나누어져 레이드를 시도하고 있다.

물론 명목상으로는 네임드 몬스터를 찾는다는 걸 내걸고 있지만 사실은 이미 찾은 상태!

알리는 게 순서이나 약속을 지키는 자들 또한 없었다.

일단 박고 보자!

네임드 몬스터 레벨도 레벨이거니와 어찌 됐든 몬스터의 약점이라든가 패턴이라든가 보유 체력, 공격력을 알아두면 나중에 혹여 단체로 레이드를 하게 되었을 경우에 조금이라도 유리한 고지를 선점할 수 있으니까.

그렇게 알게 모르게 다들 네임드 몬스터 트라이가 한창이었다. 성공한 팀은 하나도 없었지만.

그런 숲에 한시민이 등장했다.

숲 동남쪽. 스페셜리스트와 켄지 길드가 없는 청정 지역. 역시 상위 0.1%의 유저들이 몰려드는 장소.

"와, 이 숲도 진짜 사람 많아졌네."

어쩌다 보니 여기로 들어온 한시민이 태평하게 중얼거렸다.

새로운 방어구를 구하기 전에도 호랑이들과 맞서 밀리지 않던 그다.

골드 드래곤의 버프에, 새로운 방어구에, 레벨에, 기타 등등까지. 스펙 업 한 한시민이 두려운 게 무엇이 있으랴. 게다가 토끼들과 빼액이도 있지 않은가.

"그치? 빼액아?"

"빼애액!"

어깨 위의 빼액이가 기분 좋은 듯 울음소리를 흘렸다.

여전히 주먹만 한 작은 새. 하지만 그를 바라보는 한시민의 시선은 사랑스럽기 그지없다.

왜?

"가라, 빼액아. 격차를 한 번 더 보여줘야지 또 돈 쓸 마음이 들지."

"빼애애애!"

자신 있게 날갯짓을 펄럭이는 빼액이를 보라. 어찌 자랑스럽지 않겠는가.

1차 진화도 무사히 마쳤다. 그리고 얻은 첫 번째 능력!

"빼액이 진화!"

"빼애액!"

팟—

터져 나오는 빛. 그리고 그 속에서 등장하는 늠름한 크기의 황금 매!

"크흐."

눈물이 절로 망막을 가린다.

여전히 그가 생각한 만큼의 크기도 아니고 막 강해 보이지도 않지만 주먹만 해가지고 주는 골드나 처먹던 밥도둑일 때보다야 눈에 띄게 성장했다.

"탑승!"

"빼액!"

게다가 사람 한 명 정도는 가뿐히 탑승할 만큼 등이 넓기도 하고.

한시민이 그토록 원하던 탈것이 마련된 것이다!

'든 돈은 상상을 초월하지만…….'

계산하고 싶지도 않다.

갖고 있던 7천 골드를 모두 쏟아부어 고작 올린 레벨이 33. 30부터는 1레벨당 천 골드씩 먹으니, 과연 얘가 100레벨을 찍을 수나 있을지 상상조차 되지 않았다. 물론 스탯은 30레벨에 돌입하면서 1레벨당 30이나 줘서 딱히 불만은 없지만.

"와, 저거 뭐야?"

"웬 매? 여기는 두더지들 나오는 곳 아님?"

"사람이 타고 있는데?"

"헐, 시민이다."

"뭐? 시민 님?"

"진짜네? 와, 개간지. 저런 매는 어디서 나는 거지?"

투자한 만큼 사람들의 감탄을 사는 것 또한 상당히 마음에 들었고.

내면 깊숙이 내재된 관종의 기질이 슬슬 기어 나온다.

사냥하던 유저들이 잠시 멈추고 신기한 듯 쳐다봤다.

자신들은 네임드 몬스터는커녕 그 쫄따구들도 힘겹게 잡고 있는데 누구는 매를 타고 유유히 하늘 위나 날아다니니 부러울 수밖에!

그뿐이랴! 땅에서 그를 열 맞춰 따라가는 토끼 무리는 감탄에 정점을 찍는다.

"와, 나도 테이머 하고 싶다."

"그냥 힐이나 해."

"왜? 저런 거 보면 테이머도 할 만할 거 같은데. 나도 현질은 어느 정도 자신 있어. 레벨 업이 문제겠지만."

그거야 눈앞에서 펼쳐지는 테이머의 매력에 비하면 감수할 만하지 않을까?

라고 철없는 힐러가 생각했다.

당연한 착각이다. 깡충깡충 한시민이 만들어준 방어구를 입고 뛰어가며 길을 가로막는 두더지들을 가차 없이 베어 물고 발로 차고 숨을 끊은 뒤, 알아서 사체까지 챙겨가는 깔끔한 토끼들은 그야말로 게임을 하는 유저들에게 있어 워너비 펫이 아닌가. 그러나 온라인 게임에서도 이 정도 옵션을 갖추려면 캐시 아이템을 상당히 투자했어야 한다.

"그건 인마, 저 사람이니까 가능한 거고. 다른 테이머들 말 들어봐라. 수십 마리는커녕 열 마리도 제대로 데리고 다니는 사람 못 봤다. 거기다 몬스터 인공지능도 가르치려면 오랜 시간이 필요하고. 게다가 죽기라도 하면? 너, 네 장비는 뒤로하고 펫 안 죽게 재료 구해서 제작하고 입힐 자신 있어?"

"……."

"그리고 펫이 싸울 때 지나가던 몬스터가 한 대만 쳐도 빈사 상태일 텐데. 어휴, 저 정도로 하려면 얼마가 있어야 할지 난 상상도 안 간다."

동료의 말에 흔들렸던 힐러가 고개를 끄덕였다.

듣고 보니 그러네.

그 역시 이래저래 커뮤니티를 돌아다니며 보았던 테이머들의 푸념이 몇 가지 떠올랐다.

힐러보다 방어력이 약하고 딜러보다 공격력이 딸려 이도 저도 아닌 캐릭터!

그렇다고 테이밍 몬스터가 뭘 해주느냐?

나중엔 몰라도 초반엔 주인이 떠다 먹여야 한다.

그런데 모든 스탯을 마력에 투자하며 테이밍 펫 소환 마나를 유지해야 하는 유저들에게 떠다 먹일 힘이나 있을까? 비리비리한 몸에 몬스터 이빨이 안 꽂히면 다행이지.

"……그런데 저건 내가 알던 테이머하고 너무 다르잖아, 씨."

잠시 후, 유저들의 눈에 고공비행하다 내려온 시민의 펫이 몸통 박치기를 하자 몰래 레이드 중이었던 네임드 두더지가 휘청이는 모습이 들어왔다.

"……."

"……."

4

33레벨의 황금 헤츨링.

보유 중인 스탯 포인트는 385개.

레벨이 오를수록 기하급수적으로 늘어나는 스탯 포인트는 과연 얘가 밥만 처먹는 새가 아니라는 걸 새삼 깨닫게 해주는 요소였다.

그것에 안도하며 한시민은 곧바로 스탯을 분배했고.

"드래곤은 역시 마법이겠지?"

마법의 종족! 전설의 대마도사의 말에 따르면 드래곤들의 특권인 용언과 다중 캐스팅! 그것의 효율을 극대화하자면 마력을 높이는 게 옳은 선택!

해서 손가락은 한 치의 망설임도 없이 움직였다.

[힘(200)이 올랐습니다.]

[민첩(185)이 올랐습니다.]

조금의 고민도 없는 신체 스탯의 투자!

한시민은 옳은 선택을 마다했다.

"왜 이 밥벌레를 공부시켜?"

어려서부터 될 놈은 되고 안 될 놈은 안 된다는 사실을 뼈저리게 깨달았기에.

공부 머리가 아닌 놈을 죽어라 앉혀놓고 공부시켜 봐야 뭐하겠는가! 20살까지 억이 넘는 돈을 그냥 허공에 날리는 거지. 그럴 돈으로 가게를 하나 차려주고 일하라 하면 잘할 것이다. 한시민 역시 나중에 아이를 낳으면 우선 자질부터 확인할 예정이었고.

그가 판단한 골드 드래곤은 육체파였다. 아니, 육체파여야 했다.

'몸빵하면서 토끼들하고 빨리 몬스터 쓸어야지 무슨 마법.'

마법 쓴다면서 마나 물약이니 뭐니 또 돈을 요구하면 머리가 아프다.

사냥이란 무에서 유를 창조하는 거지 유를 투자해 작은 유를 만들어내면 쓰겠나!

어디까지나 투자의 목적으로 빼액이에게 골드를 먹이고 있기에 어쩌면 당연한 선택일지도 모른다. 그 결과는 일단 만족스럽게 드러났고.

퍽!

"빼애액!"

거대한 머리 세 개가 달린 두더지와 부딪치고 승리의 포효를 내뱉는 빼액이!

그래! 그거야!

"가라! 죽여 버려!"

"빼애애액!"

1차 진화한 황금 드래곤이 애완 새처럼 울부짖었다.

5

노예들은 살아갈 수 있는 최소한의 밥과 수면만 주어지고 하루 종일 혹사당한다. 옳지 않은 일이지만 그 당시 노예 주인들에게 있어 돈을 내고 데리고 왔으니 뽕을 뽑아야겠다는 의식은 당연한 것!

굳이 그게 아니더라도 보통 사람들은 자신이 내고 산 물건에 대해 기준으로 잡은 만큼의 결과를 뽑아내고자 한다. 그게 돈이 되었든 기쁨이 되었든 시간 때우기가 되었든.

그런 의미에서 한시민에게 빼액이는 참 여러 의미가 담긴 친구였다. 살면서 단 한 번도 손해 보고 살지 않겠노라 다짐한 그에게 엄청난 빚으로 찾아왔으니까.

부화에 10억!

버프에 수억 원, 1차 성장하는 데도 역시 수억 원.

이걸 과연 본전이나 제대로 뽑아낼 수 있을까?

악덕 사장이나 노예 주인이 아니더라도 가장 먼저 드는 의문.

'괜찮아.'

하지만 한시민은 오랜 고민 끝에 확신했다. 듬직하게 날아오르는 빼액이를 보며.

사냥엔 영 관심이 없어 눈앞에 얼쩡거리는 몬스터의 레벨이 몇인지, 얼마나 강한지에 대해선 알 수 없지만 그래도 나름 최상위 유저들이 애써가며 잡고 있는 몬스터의 머리통을 자비 없이 후려치지 않는가! 훌륭한 새싹이다.

한시민의 마음에 들려면 그대로 머리를 낚아채 죽여야 하지만…… 그래, 뭐. 처음인데! 시간이 흐를수록 나아지겠지.

"잘했어."

"빼애액!"

칭찬에 울부짖는 빼액이가 허공을 맴돌다 다시 땅을 향해 쇄도한다. 목표는 분노에 땅을 파며 돌아다니는 네임드 두더지!

한 방에 죽이지 못해 자존심에 상처가 난 드래곤과 웬 날개 달린 놈에게 머리를 얻어맞은 두더지의 진검 승부!

"빼애애액!"

"디그디그디극!"

어디서 많이 들어본 두더지의 울음소리!

등에 타고 있던 한시민의 시야에 거대한 두더지가 점점 커져 왔다.

빠르네.

이 와중에도 만족스러운 승차감에 미소가 절로 번진다.

이래서 사람들이 고급 차를 그토록 노래 부르는 것이구나.

이토록 빨리 날아다니는데도 떨어지거나 다칠 것 같은 기분 따위 조금도 들지 않는다. 그냥 바닥에 머리통이 내다 꽂혀도 살아남을 수 있을 것 같은 안정감.

이래야 15억짜리 탑승 펫이지.

어느 순간 빼액이의 부리와 두더지의 민머리가 마주치는 걸 보며 잡고 있던 황금빛 털을 놓았다.

"뒤져!"

홍–

"……?"

그리고 휘둘러지는 전설의 망치!

망치는 정확히 방심하고 있는 세 개의 머리 중 하나를 후려쳤다.

"꽤애애애액!"

"빼애애애액!"

한시민의 힘은 감히 무시할 수 없을 정도다. 당연히 맞으리라는 예상은 1도 하지 못한 두더지는 엄청난 충격에 휘청거렸고 가운데서 힘겨루기하고 있는 머리 역시 균형을 잡을 수 있을 리 없었다.

동시에 눈을 쪼아버리는 빼액이의 부리!

두더지가 고통을 호소했다.

분노에 부하 두더지들이 땅을 박차고 나왔다.

"……아니, 잠깐."

저 동심을 파괴하는 장면은 뭐냐. 머리만 쏙 내밀고 있던 두더지들이 숨겨져 있던 두 손을 꺼내며 건장한 신체를 드러내는 상황이라니. 이거 너무 판타지 아닌가?

"디극. 디극."

"……."

물론 그게 문제는 아니다. 명색이 골드 드래곤이라는 놈이 처음엔 참새만 한 것도 모자라 인간에게 애교도 부리는 세상인데. 다만 잠시 당황하는 사이 빼액이가 날아오를 타이밍을 잡지 못한 건 큰 문제다.

두더지라는, 그들이 가진 이점을 최대한 발휘할 수 있는 전장에서 싸워준다면 이제 고작 33레벨인 빼액이도 고전을 피할 수 없을 테니까.

"얘들아! 출동!"

해서 지원군을 불렀다.

비겁? 수치?

한시민에게 그런 감정이 있을 리가!

있었다면 빼액이와 두더지 간의 대결에 냅다 망치부터 휘두르진 않았을 것이다.

"뀨뀨뀨뀨!"

"너희가 먼저 부모 싸움에 애새끼들 불렀으니 후회하지 마라."

그러면서 슬쩍 피해자 코스프레를 하며 탓을 적에게 돌리는 정치질까지!

듣는 이는 없지만 본능적인 반응은 과연 한시민의 인성이 어떤지를 적나라하게 보여주는 장면이었다.

두더지들이 네임드 두더지를 지키느라 몰려드는 소란 때문에 잠시 물러섰던 유저들이 뒤늦게 팝콘을 꺼내 들며 자리를 잡았다.

"와, 저 괴물을 혼자 잡으려고?"

"대단하다. 우린 벌써 네 번 삑 났는데."

"삑만 났냐. 그놈의 땅속에서 힐러, 딜러 뽑아먹기 패턴조차 대응하지 못하고 있는데."

"확실히 저런 조합이라면 두더지들이 난감하긴 하겠다."

"날아다니면 되는 거였나?"

"그렇게 쉬운 일이었으면 벌써 잡았지."

트라이는 힘들고 지치지만 남이 하는 걸 보는 건 즐겁고 재미있다.

과연 깰 수 있을까?

저 사람은 어떤 방식으로 레이드를 진행할까?

피지컬을 중요시 여기던 PC AOS 게임이 가상현실이 나오기 전까지, 아니, 아직까지도 수많은 유저의 사랑을 받는 이유.

보는 맛!

그걸 충족시키는 한시민의 시원한 다대다 전투는 유저들로 하여금 지친 심신을 달래게 해주었다.

"와, 무슨 영화 보는 거 같다."

"우리가 한꺼번에 달려들면 불나방인데 저 토끼들은 왜 독립 열사들 같냐."

"불쌍하다."

"그러게."

"……나만 두더지가 불쌍하냐."

"나도 두더지 말하는 거였는데."

"나도."

화려함 속 공감되는 약자의 마음.

유저들이 그들을 그토록 괴롭히던 두더지에 대한 애도를 표했다.

늦게 온 데다가 세 자릿수가 두 자릿수도 안 되는 수를 괴롭히는 장면은 객관적으로 보면 불쌍함의 대상이 바뀔 수밖에 없다.

"악독한 놈."

"한 50마리는 뒤에서 구경하게 해도 되겠구만."

"독한 놈이네."

"내 강화 비용 1실버도 안 떼먹히려고 하는 거부터 알아봤다."

그렇게 점점 한시민에게 쏟아지는 욕. 두더지에게 향하는 동정심.

하나 결과는 변하지 않았다. 언제나 그렇듯 악이 승리했다.

"음하하하하하!"

곧바로 토끼들에게 사체들을 영지로 운반하라 시키고 사냥에 가장 큰 공을 세운 매를 타고 떠나는 한시민을 보며 유저들이 혀를 찼다.

그들이 보기에도 한시민은 악덕 사장 같았다.

6

"……."

"……."

강예슬과 정설아가 카페에서 미모를 과시하며 커피를 홀짝이고 있다.

눈에 잘 띄지 않는 구석 자리임에도 어떻게든 이쪽으로 돌아가며 그녀들을 힐끔거리는 사람들. 그만큼 사복을 입은 두 여자는 예뻤다.

게다가 각각의 매력까지 갖추고 있지 않은가!

젊고, 돈도 많고, 얼굴에 쓰인 근심까지!

"저기, 죄송한데 번호 좀……."

절로 남자들이 꼬일 수밖에 없다. 만렙을 찍은 외모와 걸치고 있는 명품 실드에 어지간한 남자들은 감히 말을 걸 생각조차 하지 못하지만 그래도 나름 자신의 얼굴과 부에 자신 있는 자들은 거침없이 대시한다.

"오빠, 잘해요?"

"……네?"

"커?"

"어디 가서 작다고는……."

"보자."

"예? 아니, 왜 이러세요."

하지만 이런 일을 열다섯 때부터 겪어온 강예슬의 상상도 하지 못한 대처에 나가떨어진다.

그 누가 그녀의 짓궂은 농담에 대응하겠는가!

"하아."

"……."

한바탕 소란 후 조용해진 카페 내에서 다시금 한숨을 내쉰다.

그건 정설아 역시 마찬가지.

"이렇게 좋은 날 카페에 있어야 하다니."

"……너무 무리했어, 이번에."

"치사한 현수 오빠, 혼자만 살고."

"한 명이라도 산 게 다행이지."

한숨 쉬는 이유! 허구한 날 카페에 앉아 사냥 대신 커피나 홀짝이는 까닭! 죽었기 때문이다.

"으아아아아! 내 아이템! 뭐 떨어졌을까? 지팡이는 안 되는데."

"현수 오빠가 주웠을 거야."

"그래도, 혹시 모르잖아. 아오, 씨. 빌어먹을 호랑이 새끼. 왜 이렇게 센 거야? 내가 볼 땐 이놈이 무조건 숲의 지배자야."

"……."

정설아도 침묵으로 동의했다.

강해도 너무 강하다.

네 개로 선택지를 좁히고 유저들에게 내민 뒤 그중 가장 높은 확률이라 생각하는 곳을 먼저 향했다.

자연스럽게 켄지 길드는 다른 곳을 선택했고 2강이라고 볼 수 있는 둘을 피해 나머지 유저들도 흩어졌다.

그렇게 선택한 곳이 불타 버린 숲 너머.

리치 영지에선 가장 멀고 북쪽 안개에 가려져 보이지조차 않는 땅에 가장 근접한 곳.

그곳에서 만났다. 호랑이들을.

당연히 스페셜리스트 역시 알리지 않았고 천천히 자료를 수집했으며 레이드를 시도했다.

처음엔 실패였다.

네임드 몬스터는커녕 당장 덩치가 산만 한 호랑이 한 마리 잡는 것도 힘겨웠으니 당연한 결과.

그렇게 매일을 그곳에서 보내고 적응될 때쯤 네임드를 트라이했다.

한 번, 두 번, 세 번.

끝도 없이 시도한다.

포기?

포기할 거였으면 유저들을 부르지도 않았다. 그냥 내버려두면서 최대한 메인 퀘스트가 진행되지 못하게 방해했겠지.

죽을 각이 나오면 무조건 빼고 하루에 세 번까지 달려든 적도 있다.

하나 오늘은 적절히 치고 빠질 타이밍을 놓쳤다. 실수는 없었지만 간과했다. 그들이 하고 있는 게임은 판타스틱 월드고 거기에 사는 몬스터들은 여타 PC 게임처럼 유저들이 눈에서 사라지고 어그로가 풀리면 백치처럼 제자리로 돌아가 누군가 나타나길 기다리는 0과 1로 이루어진 멍청이가 아니라는 사실을.

해서 낚였다. 호랑이들에게 역으로.

그 짧은 찰나 최상의 대응책을 마련해 방어력이 가장 높은 정현수를 살리는 덴 성공했지만 정설아와 강예슬은 이렇게 카페로 나와야만 했다.

"언니, 그냥 시민 오빠 찬스 쓰자."

"……그건 좀."

"아, 이번만. 응? 너무 힘들잖아. 솔직히 어떻게 깨. 오바야."

"그래도 자꾸 치트키 쓰면 뒤로 갈수록 힘들어져."

"돈 내가 낼게."

"돈이 문제가 아니라."

"아니, 솔직히 돈 말고 그냥 언니가 부탁해도 해줄 거 같은데. 시민 오빠가 언니 좀 좋아하는 거 같아."

"……."

푸념은 결국 다시 판타스틱 월드 이야기로 돌아갔고 한시민에 대한 내용으로 흘러갔다.

노골적인 평가에 정설아가 시선을 피했다.

좋아하는 것 같다는데 뭐라 답하겠나!

그렇다고 하면 자만 같고 아니라기엔 그녀 역시 호의를 보았으니까.

물론 내키지 않는 부분도 있었다.

"그런 거 같긴 한데 아닌 거 같기도 하고."

"그치, 언니도 그렇지? 이상하단 말이야. 나한테야 귀여운 동생 같으니까 그렇다 쳐도 설아 언니한테는 다른 남자들처럼 행동하면서도 선을 넘지 않는단 말이지. 언니도 은근히 틈을 주는데도."

"……."

"혹시 고자 아니야?"

"에이, 설마."

"어허, 언니. 요즘 세상 그렇게 선불리 판단하는 거 아냐. 혹시 모르잖아. 고자인데 아닌 척하려고 언니한테 관심 보이는 척하는 거."

"……."

선불리 판단하는 건 너 같은데, 예슬아.

바로잡아 줄까 생각하다 정설아가 고개를 저었다. 반발하지 않는 건 묘한 설득력이 있기 때문.

"언니, 실험해 볼래?"

"무슨 실험?"

"궁금하잖아. 고자인지 게이인지 아니면 부처님인지."

"네가 해."

"아, 싫어. 싫어. 같이 하자, 응? 어차피 우리 벌칙도 있잖아."

"……."

"하는 거다. 알았지?"

얼굴은 현실충이지만 실제론 판타스틱 월드 폐인들이 흥미로운 놀이를 찾았다.

7

달리는 말에 타본 적이 있는가.

한시민은 없다. 하지만 그 느낌이 어떤 것인지는 대강 알 것 같았다.

"……."

심장을 간질이는 이 기분.

어찌해야 하는가!

이성은 안 된다고, 미친 짓 좀 하지 말라고 외치고 있지만 본능은 반대로 설득한다.

조금만 더 질러. 겨우 매에서 만족할 거야? 지나다니는 두더지 하나 제대로 못 잡잖아.

"……."

슬쩍 빼액이를 본다.

상공을 부유하며 드래곤이라는 정체성을 찾아가는 단계.

가장 큰 역할을 한시민이 담당하고 있다.

돈!

골드 드래곤에겐 곧 밥인 골드를 수급해 주지 않으면 뛰어난 드래곤이라 어느 순간 깨우침을 얻는다고 하더라도 게임이라는 시스템적 한계에 부딪혀 평생 이렇게 살아야 할 테니까.

"후우."

선택지는 두 개.

여기서 만족할 것이냐 아니면 더 키울 것이냐.

망설이는 이유는 지금도 충분히 사냥에 큰 도움이 되기 때문이다.

얼핏 과투자로 이어질 수 있는 상황.

'타고 다니면서 내가 적절히 서포트하면…….'

토끼들도 있고 애초에 탑승 펫이 필요했었다.

고민은 길어졌다. 누구에게 맡겨두고 결정해 달라고 하고 싶을 정도!

주사위라도 굴릴까?

한참을 고민하던 한시민이 이내 결정을 내렸다.

"하아."

이런 젠장.

사실 처음부터 답은 정해져 있었다.

할 생각이 없었으면 망설임도 없었겠지.

"이래서 사랑은 더 많이 좋아하는 쪽이 손해라니까."

혀를 차며 자신의 나약함과 인간미에 몸서리쳤다.

이렇게 정에 휘둘러서야! 이러다 집문서도 빼다 바치는 거 아닐지 몰라.

쓸데없는 걱정을 하며 은행 잔고를 확인했다. 여전히 뿌듯한 금액이 심란한 마음을 달래주었다.

'딱 10억만…….'

언제부터 그가 이런 사치할 수준까지 왔는가! 딱 10억만이라니.

불과 몇 달 전까지만 해도 딱 500원만 더 써서 라면 국물 대신 생수를 마시고 싶다 생각한 게 눈에 선한데. 이제는 입을 거 안 입고 먹을 거 안 먹으며 모아둔 돈을 회수할 수 있을지 불투

명한 게임에 꼬라박을 생각이나 하고 있다니. 감개가 무량하다.

이게 그가 원하던 삶이다. 지르고 싶으면 얼마든지 지를 준비가 된 삶!

이체가 성공적으로 완료됐다. 통장의 잔고는 42억이 됐지만 한시민은 그보다 먼 미래를 보았다.

"빼액아."

"빼애액?"

"너 인마, 아빠가 이렇게 잘 처먹이는데 나중에 대가리 좀 컸다고 아빠 무시하거나 버리고 도망치면 진짜 전 재산 털어서라도 드래곤 슬레이어 팀 꾸려서 네 목 따러 간다."

"……빼애!"

그를 위해선 사전 세뇌가 가장 우선시되어야 한다.

원래 머리 검은 짐승은 거두지 않는 법!

황금 드래곤이라 검은 털이라곤 찾아볼 수 없지만, 태생 자체가 누군가를 믿지 못하는 한시민은 의심스러운 눈빛으로 빼액이를 훑었다.

이놈, 진짜 나중에 커서 엄마 찾으러 가겠다고 떠나면 어떻게 하지? 그야말로 죽 쒀서 개 주는 꼴인데.

"안 되겠다."

마음속에 싹튼 작은 불신의 씨앗은 자기 맘대로 커져서 한시민을 불안하게 만들었다.

한시민이 주먹 크기로 되돌린 빼액이를 두 손으로 움켜쥔 뒤 세뇌를 시작했다.

"내가 네 아빠야. 생물학적인 구조는 비록……."

한시민이 오랜만에 캡슐에서 나왔다.

"으으으."

신음부터 절로 나는 몸. 판타스틱 월드에서 스탯들을 수백 개씩 들고 다니다가 몇 날 며칠을 한 자세로 가만히 있던 몸에 적응을 하려니 힘들 수밖에.

그럼에도 비싼 캡슐은 제값을 한다고 금세 편안함을 되찾아주었다.

인체 공학적인 설계!

자동 뇌파 안정, 영양분 주입.

미래의 과학에서나 볼 법한 기술들이 집약된 캡슐은 과연 일반 시중에 풀리는 캡슐보다 3배 이상 비싼 가격에 산 보람을 느끼게 해준다.

"후우."

특히나 요즘처럼 게임 속 비즈니스가 바빠 하루에 5분 나올까 말까 한 시점에선 더더욱 효과가 빛난다.

"오늘은 피자 먹어야지."

배달부터 시키고 따뜻한 물로 씻고 나온다.

정확히 도착하는 따끈따끈한 피자.

머리를 말리며 고급스러운 가죽 소파에 앉아 공짜로 얻은 넓은 TV를 켜 피자를 뜯는다.

"판월 시청률 잘 나오겠네."

채널은 역시 게임 전문 채널! 하루 24시간 중 21시간 이상이 판타스틱 월드 관련 프로그램으로 짜이는 요즘 추세에 현실에서 그나마 시청할 만한 채널이다.

"다른 곳도 무난히 메인 퀘스트가 진행되고 있고."

정보는 곧 돈.

돈은 곧 인생인 한시민에게 이런 깨알 정보들은 흥미롭다.

대륙 돌아가는 추세는 황제와 누구보다 가까운 그에게 별거 아니지만 이렇듯 유저들 사이에서 벌어지는 일은 게임 내에서 하루 종일 생활하면 접하기 힘들다.

"아인 왕국 말고도 홍보를 좀 해야 하는데."

현재 가장 핫한 왕국은 한시민을 비롯해 레벨 랭킹 1위인 스페셜리스트와 돈을 물 쓰듯 쓰는 켄지가 있는 아인 왕국이 맞지만 그렇다고 다른 왕국들이 아예 손도 못 댈 정도로 시골이진 않다. 실제로 게임 설정상 왕국 중 아인 왕국은 하위권에 속하기도 하고.

그렇기에 너무 아인 왕국에서만 잘 먹고 잘산다는 생각은 좋지 않다.

다다익선!

많이 벌수록 좋다는 사상을 갖고 있는 한시민에게 가장 베스트 시나리오는 전 대륙에서 강화의 중요성을 깨우치고 어떻게든 그에게 15강 무기 하나 만들어 보겠노라 대륙을 횡단하면서까지 오는 유저가 수백, 수천, 수만 명이 되는 날이니까.

"으음."

그러기 위해선 뭘 해야 할까.

어느새 피자를 반 넘게 먹은 한시민이 또다시 고민하기 시작했다. 평생 공부에는 조금도 쓰지 않은 뇌였기에 과부하가 걸리진 않았다. 이날을 위해 쉬게 해줬다랄까.

그런 그의 명상을 방해하는 소리가 들려왔다.

띵동-

"잉?"

뭐야, 누구지?

시선이 자연스레 시계로 향한다.

밤 10시 30분. 딱히 늦은 시간은 아닌데 그를 찾아올 사람이 있긴 한가.

'엄마인가?'

순간 생각이 들었지만 절로 고개가 저어졌다.

그럴 리는 없다. 전혀 말이 안 되는 건 아니지만 집을 나서고 바쁘게 게임 하며 살다 보니 내가 고아가 된 건 아닌가 싶을 정도로 가족이라는 존재를 잊고 살았고 자연스레 이사한 뒤 주소를 알려주지 않았으니까.

"……."

너무 못돼 먹은 불효자가 아닌가.

미안하지만 뭐, 부모님도 신경 쓰지 않는 건 매한가지니까.

남은 세 조각을 겹쳐 들며 인터폰으로 향했다.

"누구세……."

한입 베어 물고 물으려던 말은 끝맺지 못했다. 굳이 묻지 않아도 인터폰으로 보이는 두 얼굴은 누구인지 신분을 밝히고 있었으니까.

비어 있는 손이 현관문을 연다.

"설아 씨? 예슬이? 이 시간엔 웬일로……."

"안녕하세요."

"왜! 온다고 했잖아!"

"아니, 진짜 올 줄은 몰랐지."

"이야, 여전히 집은 좋네."

검은 봉지를 든 채 유유히 집으로 들어오는 강예슬. 그 뒤를 정설아가 한숨을 내쉬며 따랐다.

"설아 씨, 무슨 일이에요? 오시는 거야 환영이지만 여기 있어도 돼요?"

여동생이 사달라면 자다가도 일어나서 부산까지 직접 운전해 회를 사 올 정현수는 어디 가고 여자 둘이 왔단 말인가.

한시민에게야 좋은 일이지만 한창 음침한 숲에서 다른 유저들과 메인 퀘스트를 두고 경쟁할 때 아닌가?

"혹시 죽었어요?"

"……네."

"헐."

게임에서 로그아웃해 길드원의 집에 쳐들어오는 건, 더욱이 강예슬 혼자만이 아니라 정설아까지 함께했다는 건 결국 뻔한 이유다.

게임에 들어갈 수 없고 할 짓 또한 없는 것!

혀를 차며 상을 폈다.

어쩌다 죽었는지 몰라도 치킨에 맥주까지 사 왔는데 매정하게 돌려보낼 순 없지. 얼른 반쯤 남은, 세 개가 겹쳐진 피자를 입안으로 털어 넣는다.

"오빠, 치킨 먹을 수 있겠어?"

"엥? 그건 무슨 소리?"

"배 안 불러? 방금 피자 한 판 먹은 거 아냐?"

"그건 밥, 이건 술."

"……오빠, 진짜 맘에 든다."

세상에 먹을 걸 앞에 두고 배부르다니!

20살 이전이었다면 이해할 수 있었을지도 모른다. 배불리 먹고 싶은 건 얼마든지 먹을 수 있었으니까.

하지만 독립한 뒤로는 하루 한 끼나 제대로 챙겨 먹으면 다행이었다. 요즘은 돈을 쌓아두고 살긴 하지만 캡슐만 나오면 며칠을 굶은 거지새끼처럼 배가 고프지 않은가.

먹을 수 있을 때 먹어두어야 한다.

"이 정도면 먹고 3일은 캡슐에서 안 나와도 되겠다."

닭다리를 하나 베어 물고 하나는 정설아의 입에 물려준다.

"아니, 오빠! 나는?"

"넌 닭 가슴살 먹어. 이거 좀 먹어야겠다."

"우씨."

차별 대우에 절로 터져 나오는 불만. 하지만 피도 눈물도 없는 한시민의 대응은 변하지 않는다.

그러자 강예슬이 슬쩍 정설아에게 눈치를 준다. 이미 오기 전 둘은 합의를 마친 상황. 둘 다 벗고 짖는 건 너무 민망하고 한시민도 부담을 느낄 수 있으니 한 명이 몰아서 벌칙을 수행하자! 그리고 한 명은 빠지자.

벌칙을 몰빵당하는 사람은 거기에 한시민의 반응까지 확인해 고자인지 아닌지를 확인하자.

내기는 간단했다.

강예슬이 동전을 꺼내며 물었다.

"오빠, 앞이 좋아? 뒤가 좋아?"

"……동전 말하는 거지?"

"당연하지."

"난……."

고민하는 한시민을 보며 두 여자가 침을 삼켰다.

50% 확률. 가장 공평하게 승부를 가릴 수 있는 내기.

"앞."

"……아악! 뭐야, 왜!"

단호한 한마디와 함께 강예슬이 머리를 쥐어뜯었다.

두 시간가량 가져온 맥주를 마시며 치킨을 뜯던 정설아가 자리를 피해주었다. 혼자 집에 가면 이상할 테니 맥주를 더 사 온다며 나갔다.

둘만 남은 상황!

강예슬이 인상을 찌푸린 채 물었다.

"아니, 오빠, 왜 앞이 좋아?"

"뭐, 하나 고르라며."

"……."

그러긴 했지. 별로 의미를 둘 남자도 아니고.

한숨을 내쉬며 강예슬이 자리에서 일어나 비어 있는 방으로 향했다.

"어디 가?"

"벌칙 해야 돼."

"무슨 벌칙?"

"아오! 그런 게 있어."

뭔 소리야.

별생각 않던 한시민의 머릿속에 문득 예전에 정현수가 했던 말이 스쳐 지나갔다.

"헐, 설마 그 벌칙이 지금 이 벌칙?"

"뭐야! 뭔지 알아?"

"모르지. 근데 발가벗고 어쩌구 하는 건 들은 거 같은데. 설마?"

방문을 열고 고개만 빼꼼 내민 강예슬이 한숨을 내쉬었다.

"아씨, 망했다."

내가 왜 이런 내기를 했을까.

안 그래도 쪽팔려 죽겠는데 들켜 버리기까지 했다.

그냥 도망칠까? 하지만 그러기엔 자존심이 허락지 않는다. 인생을 다이내믹하게 사는 그녀에게 이것 또한 하나의 경험!

'에라 모르겠다.'

준비 복장으로 갈아입은 그녀가 방문을 나섰다.

그리고 빙의했다. 개로.

"멍멍! 멍멍!"

얼굴발이지만 그래도 한때 배우하고 싶지 않냐 이야기를 들었던 때가 있었지.

벌칙을 수행하는 모습을 본 순간 한시민이 맥주를 뿜었다.

"푸하하하하하하! 뭐야, 진짜 그거야?"

"그래! 이 씨, 쪽팔려."

"근데 언제부터 개가 속옷을 입었냐?"

"흥, 오빠 배려한다고 입은 건데?"

"그래그래, 잘했어. 어휴, 하마터면 이성을 잃고 짐승이 될 뻔했네."

자연스럽게 휴대폰을 들고 진풍경을 찍는 한시민.

강예슬의 인상이 찌푸려졌다.

"뭐야, 그 반응은. 밋밋하게."

"어허, 멍멍아. 더 짖어봐. 멍멍!"

혹시 덮치면 어떻게 하나 자신감 넘치는 고민을 하던 강예슬이 그대로 남은 치킨 조각을 집어 던졌다.

오랜만에 별다른 일 없이 게임에 접속하지 않고 밤새 현실에서 웃으며 강예슬을 놀린 한시민이 캡슐에 누웠다.

부르는 김에 골드도 구입하고 몸의 휴식을 취하며 판월 커뮤니티나 둘러보려고 했던 한시민에겐 뜻밖의 이득!

"참 감당 안 되는 친구야."

그러면서도 그때의 기억을 떠올리면 고개가 절로 저어진다.

개방적인 아이인 줄은 알았지만 설마 그런 벌칙을 진짜로 수행하다니! 이렇게 위험한 세상에!

새삼스레 그를 향한 스페셜리스트의 신뢰가 느껴졌다.

감동이랄까.

실상은 강예슬 역시 일상의 재미를 위해 설계를 하다 자기가 빠진 꼴이지만.

휴대폰에 저장된 영상을 고이 간직하며 게임에 접속했다.

흔들리는 시야와 변하는 풍경.

"크흐."

현실에선 내 집 마련이라면 게임에선 내 성 마련의 꿈을 이루는 중인 공사 현장!

매 시간 돈이 줄줄 흘러내리는 모습이지만 애써 무시하며 위안을 했다.

"영주님, 오셨습니까."

"어, 보좌관님. 수고가 많으시네요."

"별말씀을 하십니다. 모두 영주님 덕택에 이렇게 바쁠 수 있는 건데요, 하하."

"하하하, 그건 그렇죠."

영지의 발전 상황이 훈훈하니 대화 역시 훈훈한 두 사람!

적어도 우선은 원하는 바를 향해 달려가는 길이 같으니 마찰 또한 없다.

하나 한시민은 종국에 이르러 보좌관이 원하는 영지의 방향과 그의 이상향이 다르다는 것쯤은 잊지 않고 있다.

"보좌관님, 영지 수익은 잘 나오고 있나요?"

"물론입니다, 영주님. 방문하는 모험가도 많고 아예 눌러앉은 이도 많고요. 게다가 공사에 드는 비용 대부분을 모험가들에게서 착취하는 셈이라 실질적으로 남는 이득이 굉장히 많습니다."

"호오."

어라?

그렇게 생각하고 찔러본 한시민은 의외로 그의 사상과 상당히 비슷한 보좌관의 말에 흥미를 보였다.

이 돼지가 언제부터 이랬지?

"모험가들은 어차피 레벨 업과 퀘스트 완료밖에 모르는 개돼지입니다. 적당히 달래주고 칭찬해 주면서 뽑아먹을 만큼 뽑아먹으세요."

"걱정 마십시오, 영주님. 영주님의 생각과 제 생각이 일치

한다는 게 정말 기쁩니다.”

아닌가, 원래 본성을 숨기고 있던 건가.

서글서글한 미소에 방심을 유도하는 덩치!

그랬던 거였군. 속았던 거였어.

영지를 위하는 마음쯤이야 알고 있었지만 사상이 이토록 비슷할 줄이야!

“저 역시 마찬가지입니다. 보좌관님 같은 사람이 있다니. 참 든든하군요. 하하!”

“하하하! 잘 부탁드립니다!”

너무 만족스럽잖아!

한시민이 함박웃음을 지으며 손을 내밀었다. 보좌관이 마주 잡았다.

항상 영지를 키우는 내내 빌어먹을 보좌관이 말아먹으면 어쩌나 걱정하고, 또 배신하면 어쩌나 걱정했었는데 이런 모습이라니!

물론 전혀 믿을 수 없는 종류의 인간이라는 건 한시민 본인도 인정하지만, 목적만 이룰 수 있으면 끝까지 배신하지 않는다는 것 하나만큼은 확신할 수 있었다.

한시민은 그의 목적을 이루면서 자신의 이상향을 찾을 각오가 되어 있고.

“우리 영지가 대륙 최고의 영지가 될 겁니다.”

"영주님만 믿겠습니다."

영지의 부흥을 원하는 자와 그 부흥에서 돈이 창출되길 원하는 자! 뒤늦게 서로의 진심을 확인한 훈훈한 만남!

"그런데 여유 자금 좀 있나요?"

"죄송합니다, 영주님. 이번에 추가로 망루 설치 재료를 주문해서……."

"아, 예."

그렇다고 달라지는 건 없었다. 여전히 한시민은 물주고 투자처에선 돈이 나올 구멍이 없다.

금세 시무룩해진 한시민이 걸음을 옮겼다.

어느덧 영지에 화려한 마차를 탄 귀족들이 하나둘 도착하고 있었다.

아침 집무 시간. 황제가 보고를 받고 있었다.

"리치 영지에서 오늘 시민 자작의 가죽 방어구 경매가 열릴 예정입니다."

"흐음, 그게 오늘인가?"

"예, 폐하."

산더미처럼 쌓인 문서, 해결해야 할 수많은 문제.

제국의 주인이며 대륙의 주인인 황제에겐 제국의 일뿐 아니라 대륙의 모든 중요한 정세가 흘러들어온다.

그마저도 중간에서 거르고 걸러 꼭 황제가 들어야 할 내용들만 올라옴에도 업무가 아침부터 점심까지 이어질 정도!

자연스럽게 중립을 유지하고 빠르게 판단하는 능력이 길러질 수밖에 없다.

그런 와중에 흥미를 보이는 황제. 한시민에게 얼마나 큰 관심을 갖고 있는지 보여주는 장면.

“그 가죽 방어구, 신화급이라고 했나?”

“예, 그렇습니다. 폐하.”

“방어력은 어느 정도 되지?”

“기사 대전에선 왕실 기사단장의 오라가 쓰인 검도 막았지만 실상은 폐하의 창고에서 꺼내간 방어구들의 영향력이 더 큰 듯 보이고 실질적으로 따지면 그 정도까진 아닐 것으로 사료되옵니다.”

“흐음.”

“직접 실험해 봐야 알 수 있습니다, 폐하.”

그래도 전설로만 내려져 오는 신화급 장비다. 아무리 늑대의 가죽으로 만들었어도 신의 축복이 담기면 한계를 뛰어넘게 마련.

이야기를 들으면서도 다른 업무들을 해결하던 황제가 두

손을 깍지 낀 채 턱을 괴고 고민에 빠졌다.

“공주가 이제 곧 성년인가?”

“예, 폐하.”

“성년식에 줄 선물이 필요하겠군.”

그리고 공주를 핑계로 흥미로운 미소를 띠었다.

“갖고 있는 걸 주기엔 어차피 공주의 것이니 가치가 떨어질 테고. 대륙에 하나뿐인 신화급 방어구라면 대륙을 지배할 공주의 성년 선물로 딱이겠군.”

“준비하겠습니다, 폐하.”

“마탑에 연락 넣도록. 직접 가겠노라.”

“……예, 폐하.”

결정을 내리자마자 황제가 자리에서 일어났다.

여전히 쌓여 있는 문서는 산더미지만 대륙을 지배하는 그에게 있어 강제 따윈 없다!

일이 해결되지 않는다면 기다려야 하는 것은 황제가 아닌 그 밑의 사람들.

시종이 놀란 표정을 숨기며 뒤를 따랐다. 설마 이렇게 즉흥적으로 움직일 줄이야. 대륙을 지배할 때 외엔 이토록 행동력 넘치는 황제를 본 적이 없다.

‘과연 폐하의 마음을 훔친 사위인가.’

동시에 공주가 요즘 검술은 물론 미용에까지 밤낮을 아끼지 않는다는 소문 또한 한시민에게 연결되었다.

황제와 공주의 관심을 잔뜩 사는 사위의 경매!

그곳과 연결된, 전쟁 상황이 아니면 활성화되지 않는 텔레포트 마법진이 열렸다.

9

한시민이 기사 대전에서 보여준 압도적인 존재감은 귀족들의 머릿속에 각인되어 한 달이 다 되어가는 시점에서도 많은 귀족이 먼 리치 영지까지 직접 행차하게 했다.

일부는 기사 대전 이후 자신의 왕국으로 돌아가 정비할 틈도 없이 리치 영지로 와야 했기에 그 어수선한 분위기가 그대로 영지에 흘렀다.

물론 어디까지나 잠시일 뿐.

"아이고, 어서 오십시오. 이쪽으로 안내하겠습니다. 마침 귀족님께 어울리는 숙소가 저희 영지에 완성됐습니다. 고급스러우면서도 가격은 저렴한……."

"뭐라? 저렴? 날 뭘로 보고."

"하지만 영지 최고급 호텔은 아무래도 사치를 위한 곳이다 보니……."

"어허! 네놈이 죽고 싶은 거냐! 내가 누군 줄 알고! 돈이 없어 보이더냐!"

"아이고, 죄송합니다. 당장 모시겠습니다."

영지를 위해서라면 두꺼운 뱃살도 뺄 자신이 있는 보좌관 덕에 귀족들은 자리를 잡고 영지를 둘러볼 여유를 갖추기 시작했다. 자연스럽게 마주치는 모험가들은 이 광경을 신기하게 보았고.

"와, 저 사람들이 귀족이구나."

"왕국 수도에서도 매번 마차 속에 있어서 보기 힘들었는데."

"부럽다. 귀족 되면 돈 많이 벌겠지?"

"리치 호텔 가서 묵는다잖아. 거기 가격이 워렌 버핏이 봐도 비싸다고 할 정도인데."

"얼른 레벨 올려야겠다."

반대로 귀족들은 눈도 마주치지 않았다.

"모험가가 영주인 영지라 그런지 모험가가 많군."

"역시 비천한 노예근성은 모험가들을 따라갈 수가 없나 보네."

"우리 영지에도 조금 데리고 갈까."

그렇게 시간이 흐르고 약속된 경매 시간이 다가와 신축 경매장에 다들 도착했을 때.

"안녕하십니까!"

한시민이 나타났다. 오늘의 경매 물품인 가죽 방어구 세트만 입고.

왜 입었을까?

모두가 의문을 갖고 있을 때 한시민이 입을 열었다.

“다들 궁금하실 겁니다. 왜 팔 물건을 더럽게 입고 있는지.”

“…….”

“하지만 해결해야 할 문제가 있어 부득이하게 입고 나왔습니다.”

“…….”

귀족들의 의중을 꿰뚫는 말들. 좌중에 기대와 흥미가 형성되었다.

“다들 생각하셨을 겁니다. 보셨을 거고요. 분명 기사의 검을 막고 멀쩡하긴 했는데 그때 입었던 게 가죽 방어구 세트만은 아니었다는 걸요. 네, 맞습니다. 그때 분명 전 가죽 방어구 세트 안에 그와 비슷한 수준의 방어구를 중복으로 착용했습니다.”

“……!”

그리고 흘러나오는 고백.

귀족들이 술렁거렸다. 대충 예상은 하고 있었지만 이런 식으로 듣는 건 예상도 하지 못했다.

세상에 어느 사기꾼이 자기가 사기를 쳤다고 고백하고 당당히 그 물건을 팔겠노라 할 수 있단 말인가!

그럴 것 같은데 속고 사는 것과 알면서 사는 것의 차이는 엄청나다.

"아아, 잠시 다들 앉아주세요. 아직 얘기 안 끝났으니까요."

당장 자리에서 일어나려는 몇몇 귀족을 보며 한시민이 여유롭게 말했다.

물론 그의 말 따위 듣지도 않고 자리를 뜨는 귀족들도 있었다. 하나 대부분은 그의 말을 끝까지 들어보기로 한 듯했다.

궁금했으니까. 왜 그런 말을 했을까.

"흠흠, 갈 분들은 다 가신 것 같군요. 그럼 이야기를 마저 하겠습니다."

조금 빠지긴 했지만 한시민은 여전히 여유로웠다. 그 여유가 귀족들로 하여금 흥미를 더욱 부추겼다.

자신의 약점을 공개해도 될 만큼의 이점이 있는 것인가!

"당시, 제가 기사의 공격을 막은 건 가죽 방어구 세트의 100% 효능이 아니었습니다. 그건 인정합니다. 하지만 한 왕국에서 기사단장을 맡고 있는 기사의 오라가 쓰인 검을 정면으로, 그것도 심장에 내다 꽂히고 살아남기 위해선 다른 방어구도 안전빵으로 착용할 수밖에 없었습니다."

"……."

"솔직히 여러분도 이거 사면 안에 아무것도 안 입고 이것만 입을 건 아니잖아요?"

"……."

그러네.

묘하게 설득되는 말에 귀족들이 저도 모르게 고개를 끄덕였다.

다들 대책 없이 사러 오진 않았다. 어떻게 쓸 건지 생각해 보았고 대부분은 자신의 훌륭한 갑옷 안에 입는 식으로 활용할 계획이었다.

그러면 굳이 다를 게 있을까?

황제의 개인 창고에서 꺼내온 스페셜 등급 방어구 세트라는 걸 모르는 귀족들에겐 방어구 위에 덧입은 갑옷의 방어력이 훨씬 높다는 게 정설이니까. 그러니 화가 줄어들었다.

상관없네?

"그래도 찜찜하실 분들을 위해 준비했습니다."

수그러지는 분위기에 한시민이 결정타를 날렸다.

무대 뒤를 가리고 있던 두꺼운 커튼이 올라가고 거대한 철창이 나타났다. 그리고 그 안에 갇혀 있는 몬스터 한 마리.

"여러분, 인사하세요. 90레벨 몬스터 디그닥입니다."

"……!"

"지금부터 제가 이놈한테 맞고 멀쩡하다는 걸 직접 증명해 보이겠습니다. 아무것도 입지 않은 채, 가죽 방어구 세트만 입고."

호기롭게 외친 한시민이 그대로 철창을 열고 들어갔다.

자신을 억압한 인간이 나타나자 괴성을 내지르며 주먹을 휘두르는 두더지.

퍽-

가슴에 적중한 주먹이 경매장 내부를 울리는 둔탁한 소음을 만들어냈다.

10

때는 바야흐로 강예슬의 히든 영상을 입수하고 기쁜 마음으로 게임을 접속한 한시민이 하나둘 모이는 귀족들을 발견했을 때.

"……보좌관님, 아무래도 역시 자기 건 자기가 챙겨 먹는 게 제일 좋겠죠?"

"예?"

이해하지 못하는 보좌관을 두고 황급히 토끼들을 데리고 숲으로 떠나는 한시민.

곧장 어깨 위에서 애교 부리는 참새를 집어 던져 매로 변신시킨 후 빠르게 음침한 숲으로 향한 뒤 낯익은 장소로 뛰었다.

여전히 밤낮없이 사냥하는 유저들을 가뿐히 지나쳐 도착한 곳은 두목을 잃어 방랑자 신세가 된 두더지들!

반가운 얼굴에 손부터 흔들었다.

"안녕!"

"……."

당연히 숨어버리는 두더지들.

하나 이미 한시민의 눈에 띈 이상 도망칠 구멍 따위가 있을 리 없었다.

"빼액아! 물어!"

"빼애액!"

배불리 먹여주겠다는, 금길만 걷게 해주겠다는 한시민의 호언장담에 사기가 진작된 빼액이가 땅속 깊숙이 숨으려는 두더지를 땅 밖으로 꺼냈다.

"디극. 디극!"

발버둥 치면서 불안한 눈빛으로 주변을 경계하는 두더지.

이전의 패기는 이미 한 번 보았던 강적 앞에서 한없이 무력해졌다.

원래 강한 이일수록, 음침한 숲에서 생존하는 몬스터일수록 강자의 눈치를 보는 게 본능적인 일상이니 당연한 일!

"어허. 긴장 풀어, 친구야."

그런 두더지에게 빼액이를 등에 업은 한시민이 다가갔다.

이 새낀 뭐야.

두더지가 경멸스러운 눈빛을 보냈지만 천하의 한시민이 꿈쩍할 리가 있나. 그가 두더지의 근육질 몸을 위아래로 훑으며 만족스럽게 고개를 끄덕였다.

"좋아. 이 정도면 퍼포먼스용으로 딱이네."

"……?"

당연히 알아듣지 못하는 두더지. 우람한 근육들이 어울리지 않게 슬쩍 빼액이의 눈치를 본다.

"빼애액!"

움찔!

그러곤 도망치겠다는 생각을 재빨리 접는다.

사실 빼액이 혼자만의 전투력은 그리 강하지 않다. 네임드 두더지를 잡은 것도 어디까지나 한시민의 서포트와 토끼 군단의 위력이지 아직 33레벨인 빼액이가 뭘 하겠는가.

많은 돈을 처먹은 만큼 스탯도 많이 올랐지만 아직 음침한 숲에서 눈앞의 두더지와 일대일로 싸워 이기기엔 부족한 점이 많다.

그럼에도 두더지가 눈치를 보는 이유는 역시 이곳은 단순한 게임이 아니기 때문.

유저들이 몬스터들의 레벨과 성향, 공격력, 방어력과 스킬, 패턴 등을 한눈에 알아볼 수 없고 직접 알아가야 하듯 몬스터들 역시 다가오는 적의 강함을 직접 겪어볼 수밖에 없다.

이들에겐 트라우마인 셈.

그러니 주변을 둘러싸고 있는 토끼들 사이에서 어찌 도망칠 생각을 하겠는가!

해서 가장 약해 보이는 인간의 모욕에도 움직일 수 없었다.

그걸 눈치챈 한시민이 더 사악하게 웃었다.

"그래그래, 얌전히 굴면 죽이지는 않을게."

"……."

의미가 전달되길 바라며 계속해서 말했다.

"사실 내가 이번에 중요한 경매가 있거든. 아주 비싸게 팔아먹고 빼액이 좀 키워야 하고."

"빼액!"

"그런데 문제가 좀 있어. 아무래도 저 레벨 아이템이다 보니까 강화 차수는 충분한데 귀족들이 원하는 만큼의 방어력은 나오지 않는단 말이지?"

한시민이 경매가 시작하기 전, 음침한 숲으로 온 이유!

"당연히 눈치 빠른 귀족 놈들은 그를 빌미 삼아 가격을 대충 책정해 왔을 테고. 하지만 그러면 안 되거든. 귀족 놈들이 생각하고 있는 가치보다 적어도 10배 이상을 끌어올려야겠어."

"……."

진심을 담아 이야기했다. 물론 말이 통하진 않지만 말 속에 담긴 진심만큼은 전달되었을 것이다.

몬스터에게 진심으로 이야기할 정도로 한시민은 가죽 방어구 세트를 비싸게 팔고 싶었다. 무엇보다 첫 번째 15강 방어구 세트니까.

원래 모든 명품이 그러하듯 처음이 중요하다.

이미지 메이킹!

처음 물건이 얼마나 비싸게 팔려 나가느냐에 따라 브랜드의 가치가 결정되고 다음 물건의 가격 또한 결정된다.

사람들은 이 명품이 얼마에 팔렸는가로 자신이 걸쳐도 될 만한 가치의 명품인지 판단하고 비싸면 비쌀수록 자신의 가치를 올려주는 명품이라고 인지하게 되어 있다.

그게 비록 아무런 방어 효과도 없는 가죽 쪼가리 가방에도 그러한데 방어구는 어떻겠는가!

괜히 대륙 3대 명검, 5대 방어구! 이런 말들이 나오는 게 아니다.

그런 것들은 돈을 주고도 사지 못한다.

한시민이 만든 것들이라고 그렇게 되지 말라는 법이 없지 않은가!

'그것들은 15강도 아닌 주제에.'

명품으로 만들 능력도 충분하다.

그런 의지로 두더지의 어깨를 두드렸다.

"이해했지?"

"……."

"그러니까 넌 그냥 조용히 따라가서 연기만 해주면 돼. 내가 경매가 시작한 뒤 약 좀 칠 테니까 사람들이 보이고 내가 철창 안으로 들어오면 그대로 분노한 척 내 명치를 후려쳐. 아주 세게. 가죽 방어구를 뚫고 심장을 박살 낼 기세로.”

“……?”

“아! 물론 그런 척하라는 거지 진짜 그러라는 건 아냐. 만약 진짜로 세게 때려서 가죽 방어구에 흠집이라도 나는 날엔…….”

그런 최악의 상황을 가정해 보고 상상하는 한시민의 인상이 찌푸려졌다.

그런 일이 생기면 안 되지, 암. 상상도 하지 말자.

좋은 생각만 하면서 어깨를 두드렸다.

“알았지?”

“…….”

일장연설이 끝났음에도 두더지는 그저 눈치만 보고 있을 뿐.

생명의 존엄성 앞에 누가 알아듣지도 못하는 쓸데없는 말들을 경청하겠는가! 어떻게 살아나갈지 고민하기도 바쁜데.

그런 두더지의 진실 된 모습이 한시민의 심기를 건드렸다.

“크흠, 아무래도 아직 이해하지 못한 모양이네.”

뭐, 이해는 한다.

골드 드래곤이나 토끼도 한시민의 말을 전설의 테이머라는 능력 덕분에 알아듣는 것뿐이지 반대로 그에게 의사를 전달하는 건 불가능하니까.

하물며 길거리에 돌아다니는 전혀 상관없는 두더지라고 다를까.

잠깐 이놈을 테이밍하면 되지 않을까 하는 생각이 들었지만 이내 고개를 저었다. 그러려면 현재 테이밍한 토끼 한 마리를 풀어줘야 한다는 말인데 그럴 이유가 없다.

전혀. 왜? 내가?

한 마리에 들어간 방어구 값을 뽑으려면 앞으로 10년은 더 데리고 있어도 모자라다.

그렇기에 다른 방법을 선택했다. 조금 귀찮고 힘들지만 그래도 서울로 향할 수 있는 방법.

"얘들아, 연장 챙겨라."

"끾끾끾끾!"

슬금슬금.

사방에서 두더지를 옥죄어 온다.

이쯤 되면 등장하는 만고불변의 법칙!

"맞다 보면 알아듣겠지."

두더지가 고개를 마구 끄덕였다. 왠지 그래야 할 것만 같은 아주 불길한 예감이 들었다.

하나 이미 늦었다. 그리고 아직 멀었다.

그렇게 디그닥이란 이름이 붙은 두더지는 경매장의 철창 속으로 들어오게 되었다.

"자! 여러분! 보십시오! 추정 레벨 90, 왕국의 1급 기사와 맞먹는 수준의 몬스터의 공격을 막아내 보겠습니다!"

호기롭게 외치며 양팔을 벌려 맞기 최적화된 상태로 서는 한시민.

두더지에겐 수십, 수백 번도 더 본 자세다.

"쳐."

그리고 항상 한시민은 이렇게 말했지.

그러면 두더지는 주먹을 날려야 했다. 아주 힘껏. 혼신의 힘을 다해서.

물론 진짜 모든 힘을 다해서 치면 한시민은 버티지 못한다.

아무리 스탯이 높다 한들 90레벨대의 몬스터. 그것도 신체 스탯 위주의 몬스터에게 약점을 공략당하고도 멀쩡할 만큼은 아니니까. 방어구도 고작 저레벨 때 끼는 가죽 방어구 세트고.

해서 타점 직전에서 힘을 줄여야 한다.

당연히 쉬운 일은 아니다. 엄청난 실패를 거듭했고 두더지는 그 과정에서 차라리 죽는 게 낫겠다는 단어의 의미를 이해했다.

실패하는 만큼 처맞았다. 알아들을 때까지 또 맞았다. 그러다 성공한 뒤에도 맞았다. 배신하면 이렇게 된다고.

그때야 내의를 입었었기에 실수가 용납됐지만 실전에서 만약 실수가 나온다면 괜히 준비한 노력은 물론이거니와 가죽 방어구 세트의 가치는 생각했던 가격은커녕 귀족들이 원래 준비했던 가치에도 훨씬 미치지 못하게 될 것.

거기까진 모르는 두더지가 주먹을 휘두르며 고민에 빠졌다.

어찌 보면 절호의 기회다. 비록 죽겠지만 이렇게 살아 무엇하겠는가! 한 대 세게 치고 내 생을 마감해도 그 또한 좋지 않겠는가!

망설임은 주먹의 속도를 더더욱 높였다. 이건 본능적인 움직임이었다.

그를 눈치챈 한시민의 눈동자에 다급함이 서렸다.

"이런 미친 새끼야."

죽는 건 둘째 치고 기껏 모두를 불러놓은 자리에서 물건이 훼손되면 그보다 더한 망신과 손해는 없다.

그렇다고 여기서 피할 수도 없다. 그저 눈빛으로 강하게 어필할 뿐이다.

'이 개새. 제대로 안 하면 죽지도 못하게 고문하다가 드래곤 30일간식으로 나눠서 산 채로 먹일 테다.'

"……!"

다행히 의지는 전달된 듯하다. 아니, 어쩌면 죽기 싫은 두더지의 최후의 본능이었을지도 모른다.

훙–

속도가 줄었다. 줄여야 할 시점보다 조금 늦은 건 사실.

퍽–

한시민의 가슴팍에 힘이 덜 빠진 주먹이 틀어박혔다.

"……!"

상상 이상의 충격에 숨이 턱 막혔다.

"크, 크헉!"

원래는 연기로 내뱉어야 할 신음이다. 하나 본능적으로 튀어나왔다.

귀족들이 웅성거렸다.

"뭐, 뭐야."

"진짜 맞은 건가?"

"죽으면?"

그만큼 현실적이었다. 마치 내가 맞은 건 아닌가 자신의 명치를 쓰다듬을 정도로.

쾅!

날아간 한시민의 등이 철창에 부딪혔다.

앞뒤로 들어오는 대미지에 한시민은 죽음에 대한 두려움보다 방어구에 대한 걱정이 먼저 들었다.

'제발 찢어지지 마라.'

지금껏 가죽 방어구의 방어력이 부족하다 생각했던 적은

단 한 번도 없었는데.

한참을 쓰러져 있다 숨을 돌리며 천천히 자리에서 일어났다. 몰래 숨겨두었던 최상급 포션이 빠르게 회복하는 데 도움을 주었다.

"후아."

태연한 척 먼지를 털어주며 시선을 가슴팍에 꽂는다.

제발. 제발!

"……!"

확인한 한시민의 입가에 미소가 맺혔다.

'됐다.'

다행히 멀쩡하다. 상상 이상의 충격이 들어왔지만 견뎌낸 듯하다. 아마 들어온 대미지의 대부분이 타격이었기 때문일 가능성도 높고.

어찌 됐든 중요한 건 퍼포먼스가 성공했다는 것이다. 두더지 놈을 한 번 강하게 째려봐 준 뒤 뒤를 돌았다.

"어떻습니까, 여러분! 전 멀쩡합니다!"

"……!"

"……!"

귀족들의 눈빛이 흔들렸다. 별 기대 않고 기다렸지만 결과는 생각 이상이다.

그들 역시 리치 영지 주변에 거주하는 몬스터들의 위상을 모르는 바 아니다.

제국의 기사들마저 들어가길 꺼려 하는 숲의 몬스터. 그 공격을 정면으로 얻어맞고도 무사하다?

"아시다시피 전 기사도 아니고 강화사입니다. 테이머이기도 하죠. 신체 단련? 그런 것 따위 없습니다. 그럼에도 전 순수한 가죽 방어구의 방어력만으로 몬스터의 공격을 맞고 버텼죠. 이래도 제 방어구 세트가 가치가 없습니까? 기사의 공격? 물론 다 막으면 좋겠죠. 하지만 그런 무적의 방어구 세트라면 제가 팔겠습니까? 당장 끼고 드래곤 레어로 쳐들어가죠."

"……."

이미 현혹된 귀족들을 홀리는 건 어렵지 않다.

"어차피 여러분도 귀족들과 일대일로 맞짱 뜰 일은 없지 않습니까. 주변에 기사들 깔고 다니면서 어쩌다 눈먼 화살을 맞거나 기껏해야 자살 특공대로 달려드는 놈들 칼침이나 몇 대 맞을 텐데 그런 걸 생각해 보면 이 가죽 방어구 세트가 그야말로 최상의 방어구가 아니겠습니까?"

귀족들이 자세를 고쳐 앉았다.

한시민이 무대 뒤로 퇴장해 방어구를 벗었다.

"자, 그럼 경매를 시작해 볼까요?"

천 골드부터 시작되는 경매!

몰래 한숨을 내쉬며 왼쪽 어깨 위에 달라붙은 빼액이를 만졌다.

시바. 내가 더 사랑한 죄지. 이런 놈을 먹여 살리겠다고.

후회가 몰려오지만 포기할 수 없는 레이스다. 가격이 쭉쭉 오르기 시작했다.

11

아직도 얼얼한 것 같은 명치를 부여잡은 보람이 느껴지는 경매!

귀족들로 하여금 가죽 방어구 세트가 가질 포지션을 확실히 인지시켜 준 덕분인지 시작 금액 1,000골드, 현금으로 따지면 1억 2천만 원짜리 경매는 잠깐 사이에 1,500골드까지 치솟았다.

"자, 순수 제작에만 강화석 천오백 개와 강화 비용 2천 골드가 들어갔습니다! 그렇다고 그 정도 금액을 투자하면 제작할 수 있느냐? 절대 아니죠! 전설의 레전드 강화사 후예만이 할 수 있는 시도와 결과물! 이래도 돈을 아끼시겠습니까?"

거기에 만족하지 못한 채 기름을 퍼붓는 사기까지!

확인할 수 없는 자신감이지만 이미 몬스터에게 자신의 몸을 내던지면서까지 귀족들에게 신뢰를 준 한시민의 말 때문인지 가격이 좀 더 빠르게, 그리고 폭넓게 올라가기 시작했다.

“1,550골드! 네, 1,600골드 나왔습니다!”

“1,700골드. 열기가 뜨겁군요. 이거 참, 아직 본전도 못 뽑을 수준이지만 왜 이렇게 제 가슴이 뛰죠? 방어구의 가치를 알아봐 주시는 분들과 함께하는 경매라 그런 것 같습니다.”

“1,800골드! 와, 역시 각 왕국에서 방귀 좀 뀌시는 귀족분들이라 그런지 예비 목숨의 가치가 상당히 높군요. 저 같은 자작 나부랭이는 아마 여기까지 오지도 못했을 겁니다!”

은근슬쩍 자신까지 깎아내리며 귀족들의 자존심도 건드렸다. 여기 섞여 있을 자작 이하의 귀족들도 함께 욕하는 말이지만 아마 크게 개의치 않으리라. 그들은 자신 있을 테니까.

비록 작위는 낮지만 돈만큼은 여느 귀족 부럽지 않다! 또한 나는 네놈과 다른 자작이라는 걸 보여주겠다!

무의식중에 귀족들이 그를 낮춰볼 수도 있지만 한시민은 신경 쓰지 않았다. 그래도 상관없다. 또 그러라고 하는 말이다.

명예와 자존심?

경매가가 단 500골드라도 오른다면 얼마든지 내던질 수 있다.

언제 자존심이 밥 먹여주었던가!

실속을 챙기면서 원하는 길을 걷고 성공하게 된다면 누가 뭐래도 결국 그건 열등감이나 질투가 되어버리고 만다.

결국 한시민은 가만히 대응하지 않고도 상대를 비웃을 수 있고.

"2,000골드!"

게다가 실제로 변화가 눈에 보이지 않는가!

이를테면 조미료인 셈이다. 몸에 좋고 건강을 위한 천연 음식이 당연히 좋지만 조미료를 듬뿍 넣는다고 욕먹어 가며 당장 많은 사람에게 팔면 나중에 가게의 크기가 어떻게 차이 날지는 굳이 설명하지 않아도 알 수 있으니까.

가끔 천연 음식 가게 전문점이 더 잘될 때도 있지만 그건 정말 특수한 케이스!

한시민은 그런 상황을 구별해 가며 종목을 바꿀 능력까지 되는 남자다.

"2,200골드! 2,500골드! 2,800골드!"

가격은 점점 높아졌다. 망설임 없이 몇백 단위씩 올라가는 것으로 보아 귀족들이 생각한 한계치는 아직 도달하지 않은 듯했다.

아마 방금 본 퍼포먼스로 인해 생각하고 온 금액보다 한계치가 높아져 중간 과정을 뛰어넘고자 이토록 속도가 나는 것이겠지.

'대략 5천 골드쯤 되려나.'

원래는 3천 골드쯤이었을 것이다. 아무리 좋은 장비라 한들 여기서나 현실에서나 3억이란 돈은 쉽게 볼 금액이 아니니까.

마음 같아선 스킬북처럼 수십억에 팔고 싶은 마음이 굴뚝 같지만 어쩌겠나. 경매이고 동시에 성내 방어구 가게에 가면

널려 있는 흔한 방어구 세트인데.

15강이 아니었다면 이 정도 가격도 감히 상상할 수 없었을 것이다.

"후."

그럼에도 아쉬운 건 아쉬운 것. 제작하는 데 150골드도 채 들지 않은 주제지만.

"4천 골드 나왔습니다! 4,050골드! 4,070골드!"

입찰 가격의 폭이 점점 줄고 있다. 애초에 100단위로 잡았으면 모를까 10단위로 설정되어 있었기에 김이 새는 건 어쩔 수 없는 일.

어쩌면 예상했던 5천 골드에 닿지 못할지도 모른다.

그렇게 체념하고 있을 때, 한시민의 시야에 낯익은 얼굴이 보였다.

'……황제?'

저 뒤, 태연히 앉아 다리를 꼰 채 흥미롭게 주시하고 있는 제국의 황제!

그가 이 자리에 행차해 있었다.

마탑의 마도사를 소환해 텔레포트 마법진으로 리치 영지에 도착한 황제는 경매를 그저 흥미롭게 지켜만 보았다.

시작부터 과감하게 보이는 퍼포먼스와 그로 인해 과열되는 분위기.

'제법이군.'

핵심을 파악할 줄 아는 사기꾼.

그리고 사람들로 하여금 관점을 바꾸도록 설득할 수 있는 힘이 있다. 끝까지 지켜보기로만 한 황제 역시 흥미가 동해 적극적으로 경매에 참여하고 싶을 정도의 진행까지. 전문적이진 않지만 그렇기에 더 흥미롭다.

저 모험가 놈의 껍질은 어디까지 까야 본색을 볼 수 있을까 궁금하기도 하고.

해서 가격이 끝까지 오를 때까지 근질거렸지만 참았다. 어차피 공주의 선물을 위해 온 이상 저 물건은 그의 것. 섣불리 나서서 다른 경매자들의 사기를 꺾고 물건의 가치를 낮출 필요는 없기에.

물론 결국 사람들은 경매 입찰가만 보고 물건의 가치를 판단할 테지만 그거야 소문으로만 듣는 어중간한 계층 사람들의 이야기고, 진짜 대륙을 움직이는 최고 계층의 귀족들은 그보다는 다른 경매자들에 의해 가격이 어디까지 치솟아 오르는가에 대한 관심이 더 클 터다.

그렇기에 오히려 가치를 낮춰 버리고 싶은 마음도 없잖아 있었다. 공주의 선물로 선택하지만 않았다면 아마 얄미운 마음에 그렇게 했으리라. 한시민의 의도는 다른 사람에게는 몰라도 적어도 황제에겐 또렷이 보였으니까.

계속해서 찍어낼 능력이 되어 보이는 강화사. 그러나 파는 건 단 한 세트.

왜?

굳이 고민하지 않아도 답은 쉽게 나온다. 거기다 이건 첫 단추. 앞으로의 길을 헝클어뜨리기 가장 쉬운 단계다.

'아쉽군.'

망쳤다면 사위 놈의 표정이 볼만했을 텐데.

고개를 저으며 마무리되어 가는 경매를 여유롭게 훑는다. 그래도 하나뿐인 사위이고 정치적 파트너인 한시민을 망쳐 봐야 그에게 좋을 게 없다는 점 정도는 냉철하게 판단했다. 황제에게 오늘의 경매는 서포트 역할을 위한 자리.

문득 한시민과 마주치는 시선. 잔인한 폭군의 따뜻한 미소가 지어진다.

평생을 피와 정치 속에서 재미없게 살아온 황제에게 요즘 티격태격 인생의 즐거움을 주고 있는 애증의 모험가.

오늘은 보여주마. 내가 어떤 사람인지.

4,500골드 선에서 주춤대자 그제야 앞에 있는 입찰판을 든다.

그리고 내뱉는다.

그가 생각하는 공주의 목숨값. 또 그가 하나뿐인 공주가 관심을 보이는 사위에게 해줄 수 있는 성의.

"3만 골드."

"……!"

"……!"

모두의 시선이 근엄한 목소리에 압도되어 자연스럽게 근원지로 향한다.

찬물을 확 끼얹는 금액과 금액을 내뱉은 자의 얼굴을 보는 순간, 귀족들은 머릿속을 가득 채우고 있던 몬스터의 공격을 막아내는 가죽 방어구 세트에 대한 온갖 생각이 날아가는 걸 느꼈다.

왜 아무도 몰랐을까.

"황제 폐하를 뵙습니다."

"황제 폐하를 뵙습니다."

각자 뽐내던 오만을 집어던진 채 곧장 바닥에 부복했다. 왕국도 다르고 직위도 다르지만 대륙에 단둘, 신과 황제에겐 고개를 숙이고 무릎을 꿇는다.

사실상 경매는 끝난 것이나 다름없다. 누가 3만 골드 이상의 현금을 지불해 가며 보조 목숨을 구입하겠는가! 누가 감히 황제의 물건에 도전하겠는가.

경매장 내에서 유일하게 고개를 숙이지 않고 있던 한시민이 투덜댔다.

"칫, 이왕 사는 거면 5만 골드 정도는 주지."

인간의 욕심은 끝이 없고 한시민의 목표치는 신이 있는 곳보다 높았다.

12

가죽 방어구 세트를 건네는 한시민의 표정은 그리 좋지 못했다.

"그거 설마 폐하가 입을 건 아니죠?"

슬쩍 보는 눈치.

언젠간 대륙을 지배할 생각을 갖고 있는 한시민에게 이런 사기 아이템을 황제에게 건네줘도 되나 싶은 마음!

굳이 이게 아니어도 황제는 충분히 강하고 주변 황실 기사들 역시 아직 범접할 엄두도 나지 않을 정도지만 찝찝한 건 어쩔 수 없다.

제아무리 게임의 최종 보스인 드래곤이 넘사벽이라 한들 제 손으로 더 강해지라고 이것저것 갖다 바치는 놈은 없으니까.

"그건 돈을 지불한 내 소관 아닌가?"

"뭐, 그렇긴 하죠. 그런데 아무리 제 손으로 만든 신화급 장비라 해도 가죽 방어구 세트인데 폐하가 입기엔 클래스가 좀…….”

“그런 식으로 장사하려 해도 소용없다.”

“아니, 그래도 대륙의 지배자인데 전설의 강화사가 나온 마당에 좀 쓸 곳을 찾아보시죠?”

“누구 좋으라고.”

“…….”

예예, 어련하시겠습니까.

어쨌든 본인이 입을 건 아닌 것 같아 보여 조금은 안심하고 건네주었다. 3만 골드라는 거금을 받아 처먹고 불안하다고 내주지 않을 수도 없는 노릇이고.

“그나저나 웬일이에요? 제 일이면 냅다 방해부터 할 줄 알았는데.”

어쨌든 원하는 바를 황제 덕분에 생각 이상으로 이룬 한시민이 올라간 입꼬리를 감추지 못한 채 물었다. 황제를 발견했을 땐 설마 하는 마음이었지만 진짜로 사주다니.

“공주에게 고마워하도록. 그리고 한 달 뒤 공주의 성년식이니 잊지 말고 참석하고.”

“헐, 그래서 산 거예요?”

“그럼 내가 굳이 3만 골드나 되는 돈을 내고 가죽 방어구를 살 이유가 또 있나?”

“그건 그렇죠.”

합당한 이유에 고개를 끄덕였다.

특별한 날에 특별한 선물!

세상에 하나뿐인 공주에게 평생 한 번뿐인 성년식 선물로 대륙에 하나뿐인 신화급 가죽 방어구 세트라!

물론 15강 방어구 세트가 그거 하나뿐이진 않지만.

그걸 눈으로 확인하고 있는 황제가 당부했다.

"혹여 하는 이야기지만 신화급 장비는……."

"걱정 마세요. 제 생각 이해하시고 구입하신 거잖아요. 상위 0.01%를 위한 명품. 제가 경매에 붙일 아이템들의 카탈로그입니다. 공주님한테도 실망 주고 싶진 않고요."

"……."

두 남자가 한 여자로 오랜만에 의견이 일치했다.

황제가 받은 가죽 방어구 세트를 호위기사에게 건넸고 한시민은 골드가 가득한 가죽 주머니를 어깨에 짊어졌다.

"후아."

"그 돈은 영지를 위해 쓰는 건가?"

"예? 왜요?"

기쁜 표정으로 경매장을 나서려는 한시민에게 묻는 황제.

문득 궁금했다. 모험가가 버는 돈들은 어디로 가는 걸까.

다른 모험가들이야 이제 막 대륙에 떨어져 한 끼 먹고사는 것도 쩔쩔매는 이가 대부분이지만 그가 아는 한시민은 돈을 갈퀴째 끌어모으는 자다. 수백 년 전 전설의 강화사 역시 그랬었고.

그런데 막상 보면 그렇게 돈이 많은 것 같진 않다. 매번 올 때마다 돈타령에 방어구 역시 삥을 뜯어가고.

"궁금해서."

"장인어른이 궁금한 것도 있고. 신기하네요."

"……."

피식 웃은 한시민이 대답해 주었다.

그리 친한 사이는 아니고 대답해 줄 이유도 없지만 오늘은 3만 골드라는 거금을 얻은 날이니까. 선심 좀 쓰지 뭐.

"이건 비밀인데요."

"……."

진지한 분위기에 호위기사들이 물러났다.

황제에게 다가온 한시민이 속삭였다.

"비밀이에요."

Episode 21.

너 인마, 내가 누군 줄 알아?

1

받은 3만 골드에 추가적으로 구입한 1만 골드까지. 또 한 번 판타스틱 월드 중개 사이트의 골드가 메말랐다.

"뭐야, 골드 시세 또 왜 뛰었어?"

"미친. 13만 원을 향해 올라가네."

"어떤 새끼가 사재기하나?"

"미쳤냐. 게임 플레이하는 유저가 몇 명인데 골드를 사재기해."

"아, 시발. 10만 원일 때 사둘걸."

고글 사의 주식은 당연히 건들 수조차 없고 대신 판타스틱 월드의 골드를 주식 대신 구입하라는 말이 떠돌 정도로 판타스틱 월드의 주가는 계속해서 오르고 유저들의 수는 끝없이 증가하고 있다.

거기다 더해지는 한시민의 골드 구입. 아직 저레벨대의 유저들과 버는 족족 쓰는 골드의 시너지까지 더해져 골드의 현금 시세는 주식처럼 가파르게 상승했다.

고작 몇 달 사이의 변화라 생각해 본다면 엄청난 것!

"그러고 보니 벌써 30% 오른 거 아니냐."

"와, 별생각 없었는데 미친 거 같다."

"왜 사재기할 생각을 못 했을까."

"예전에 딱 1억만 투자했으면 몇 달 만에 3천 버는 거 아니냐."

후회해 봤자 시간은 돌릴 수 없다.

당장 게임하느라 바쁘고 골드가 생기면 팔기는커녕 부족해서 구입해 오던 개미들에게 이런 한탄은 그저 지나간 과거에 대한 개탄일 뿐. 지금이라도 구입할까 망설이는 게 대부분 유저가 하는 고민이었다.

"근데 또 떨어지면 어떻게 하지?"

"13만 원까지는 안 오를 거 같은데……."

"유저가 많아지니까. 그리고 골드도 점점 풀리고 있고."

어쨌든 빠르고 정확한 결정을 내리는 사람만이 이득을 볼 수 있다. 그와 관련이 없는 방식으로 돈을 버는 한시민에겐 전혀 다른 세상의 이야기고.

"휴, 이번엔 좀 수월하게 구입했네."

무려 12억.

10억을 생각하고 구입했지만 이왕 구입하는 거 1만 골드로 맞추자 결심했기에 추가적인 금액이 들었다.

언제부턴가 들어오는 돈보다 빠져나가는 돈이 엄청나게 많아지는 건 그냥 느낌적인 느낌일 뿐이겠지.

"빼액!"

기분 좋은 울음을 흘리는 빼액이를 애써 외면하며 그렇게 최면을 걸었다.

언젠간 되돌아올 거야. 시민아, 힘내자. 원래 사람이 선행을 베풀면 복 받는다고 했잖아. 빼액이는 무려 골드 드래곤인데. 배부르게 먹여주면 보답할 날이 오겠지. 제발.

그렇게 최면을 걸며 4만 골드를 두고 고민에 빠졌다. 매번 하는 고민이지만 이번엔 무려 40억이 앞에 놓인 고민이라 보다 신중했다.

'그냥 인출해서 건물 한 채 살까?'

아마 몇 가지 선택지 중 가장 현명한 선택은 이것일 것이다.

회수하지도 못할 것들에 스트레스 받아가며 비교하면 뭐하나. 건물 하나 사놓고 적당히 나오는 돈으로 현질 해가면서 재미있게 게임을 즐기는 방법이 있는데.

"……."

하지만 그런 이성적인 판단을 할 수 있었다면 대마도사의 스킬북을 팔자마자 곧바로 재테크를 시작했을 것이다.

한시민은 한없이 냉철하고 돈에 관해선 현실적이지만 동시에 자신의 이상을 따지는 이상가!

게임이자 일인 판타스틱 월드를 더 중요시 여기는 마음은 가장 좋은 방법을 걷어차는 결과를 만들어냈다.

'10억 기준이 아니라 1만 골드를 기준으로 살 때부터 말 다 한 거지 뭐.'

인정할 건 인정해야 한다.

한시민은 자신이 판타스틱 월드 폐인이라는 걸 인정하며 빼액이를 들었다.

"일단 먹이고 보자."

영지를 위해 투자한다면 리치 영지는 더 빠른 속도로 원하는 것 이상의 성장을 보이고 대륙에서 떠오르는 신흥 영지로 부상할 수도 있다.

하지만 굳이 현금으로 골드를 구입하면서까지 그렇게 영지에 투자하고 싶지는 않았다.

잠시 어디 떠나 있는 사이에 불타오르면 사라질 땅덩어리!

빼액이 역시 마찬가지지만 빼액이는 성장하면 할수록 죽을 확률이 급속도로 줄어든다.

"빼애액!"

골드가 가득한 가죽 주머니 안에 빠진 빼액이가 행복에 겨운 울음소리를 흘렸다.

세상에! 이게 다 돈이야?

냅다 처먹으려다 멈칫하며 한시민을 바라본다.

이거 먹어도 되냐는 간절한 눈빛.

왠지 모르게 안 된다고 보게만 하면서 고통을 느끼게 해주고 싶은 악마 같은 마음이 슬금슬금 올라왔지만 애써 참으며 고개를 끄덕였다.

"그래, 다 먹어. 아주 배부르게."

"빼애액!"

한 번쯤 마다할 법도 하건만 주인을 닮은 빼액이는 망설임 없이 고개를 골드에 파묻었다.

빠른 속도로 사라지는 골드들.

"어휴, 말 안 하길 잘했지."

그 모습을 보며 잔뜩 인상을 찌푸린 채 결국 원하는 대답을 듣지 못하고 영지를 떠난 황제를 떠올렸다.

사실 별로 숨길 만한 내용은 아니다. 어쩌다 당신 창고에서 꺼내온 알을 부화시켰더니 골드 드래곤이 나왔고 이 빌어먹을 드래곤은 골드를 처먹어야만 성장하는 특수한 케이스라고 말하면 그만이니까.

하나 그러지 못한 이유는 아무리 친해도 황제는 대륙의 주인이기 때문.

폭군이고 자신의 자리에 대한 도전을 용납지 않는 자다. 과연 그가 점점 더 강해져 압도적인 힘을 갖는 한시민을 지금처럼 귀엽게만 봐줄 수 있을까?

게다가 아무리 지금은 별 볼 일 없어도 드래곤이다.

만약 한시민이라도 그걸 들은 순간부터 긴장하고 경계하리라.

언젠간 알게 될 사실이지만 언제든 자신의 전력을 숨기는 건 당연한 이야기!

"빼애액!"

"……."

무엇보다 저런 부끄러운 모습을 보이며 드래곤 테이머라고 말할 용기가 나지 않았다.

그렇게 줄어드는 골드를 보며 한시민이 자리를 떴다.

죽어라 돈 벌어오면 뭐하나 밥충이가 다 처먹는데.

제아무리 한시민이라 한들 저 모습을 끝까지 보고 있을 자신이 없었다.

'……집에서 밥 축내는 날 보는 부모님의 심정이 이거였구나.'

깊은 깨달음을 40억 쓰며 느꼈다.

황제가 황궁에 돌아왔다.

"아바마마, 자작님 영지에 다녀왔다고 들었어요."

"그래, 네 성년식 선물을 좀 샀다."

안기는 공주의 등을 토닥여 주며 황제가 말했다.

원래는 깜짝 선물을 계획했지만 똑똑한 공주에게 주어진 단서는 너무나도 많으니까.

당장 내일부터 3만 골드나 하는 신화급 방어구 세트에 대한 소문이 온 대륙에 퍼질 텐데 그걸 공주의 귀에 못 들어가도록 막으려면 그녀를 궁 안에 감금이라도 해야 한다.

"어떤 거예요? 혹시 자작님께서 만드신 건가요?"

"만든 건 아니고 강화해서 입던 거였지."

말하면서 슬쩍 공주의 눈치를 본다.

세상에서 유일하게 황제가 눈치 보는 사람! 혹시 입던 거라서 실망하면 어쩌나.

"와! 기사 대전에서 언급하셨던 그 신화급 방어구 말씀이세요?"

다행히 공주의 반응은 긍정적이었다.

황제가 안심하며 고개를 끄덕였다. 어깨가 절로 으쓱인다.

이 맛에 비싼 돈 주고 선물을 사 오지!

"보고 싶은데 성년식 선물이라고 하셨으니 그때까지 참을 게요."

"마음에 들었으면 좋겠구나."

나날이 아름다워지는 공주가 신나게 고개를 끄덕였다. 그러다 문득 얼굴 한구석에 그림자가 드리워졌다.

"……왜 그러느냐."

황제는 그걸 놓칠 위인이 아니다. 서둘러 표정을 수습했지만 황제는 끈질겼다.

"사실 자작님과 함께하는 시간이 별로 없어서 제게 관심이 없는 건 아닐까 싶어 요즘 조금 속상해요."

"……."

하지만 황제 입장에선 알아내지 않는 편이 나았을 고민!

할 말이 없었다.

진정한 사랑?

황제가 그런 걸 했을 리가 없다. 그저 마음에 드는 여자를 품고 대륙을 정벌하던 젊은 시절이었지 않은가.

욕정에 끌릴지언정 마음에 드는 여자는 없었다. 그러니 조언을 해줄 수 있을 리가. 이해도 못 하는데.

"……자리를 마련해 보마. 어차피 성년식에도 온다고 했다."

"네, 아바마마."

공주가 애써 아쉬움을 삼키며 물러났다.

그녀가 원하는 건 생명의 은인이자 정략결혼의 대상인 한시민과 붙어 있는 것!

'방법을 만들어야 해.'

황제의 피가 흐르는 공주는 자신의 길을 개척해 가는 신여성이다.

딱히 좋아할 만한 구석이 없는 한시민이지만 생명의 은인이라는 점과 돈만을 좋아하는, 그로 인해 사람의 내면을 보는 모습에 반한 그녀에게 눈에 보이는 게 뭐가 있으랴!

준비는 어느 정도 마쳤다. 자유롭게 돌아다닐 수 있는 성년식도 곧 다가온다.

최적의 시기, 동시에 최후일 수도 있는 기회.

공주가 바쁘게 움직이기 시작했다.

2

시간은 빠르게 흘렀다.

여전히 스페셜리스트는 네임드 호랑이를 잡지 못했고 또 한 번 죽을 뻔한 위기를 넘기며 결심했다.

"오빠, 도와줘."

"얼마?"

"우리 사이에 이럴 거야?"

“우리 사이가 원래 이렇잖아.”

“……그러네.”

결정한 이상 빠르게 흘러가는 공적인 대화!

“5백!”

“누구 코에 붙이라고.”

“천!”

“켄지한테 말해도 2천은 주겠다.”

“우씨, 그 사람 이야기는 꺼내지도 마.”

“미안. 천에 해줄게.”

적당히 튕기며 타협했다.

비록 벌자마자 빼액이 배 속에 모두 들어가긴 했지만 한 번에 30억이라는 큰돈을 번 뒤라 금액에 대한 감각이 살짝 마비된 것도 있고, 요즘 따라 단골고객에 대한 서비스를 확대해야겠다는 생각도 들뿐더러, 천만 원이라는 돈이 2막의 최종 보스 몬스터를 잡는 데 필요한 돈도 아니고, 그곳까지 가기 위한 수많은 과정을 앞둔 중간 네임드 몬스터 레이드라는 점도 크게 작용했다.

“대신 두당 천이야.”

“알아. 이제는 적응됐어.”

강예슬이 당연하다는 듯 고개를 끄덕였다. 그녀 역시 천만 원을 이렇게 자연스럽게 여길 날이 올 줄은 상상도 하지 못했다.

게임 초창기에 무기를 사고 골드를 구하는 데 쓰긴 했었어도 나중에 되받을 수 있다는 생각을 했기에 가능했던 '선택'이었지 지금 하는 거래는 그냥 소모되는 무의식적인 '적응'이다.

두 단어의 차이는 막심하다. 그리고 그게 의미하는 바는 하나다.

"역시. 현질이든 뭐든 처음이 어렵지 적응되면 금방이라니까."

바늘 도둑이 소도둑 된다는 말이 괜히 있는 게 아니다.

이미 건널 수 없는 강을 건넌 두 사람의 거래가 끝났다. 무려 3천만 원짜리임에도 계약서 한 장 없이.

"대신 확실하게 해줘야 해. 시간이 별로 없어. 다른 곳도 이제 슬슬 레이드 성공할 것 같은 분위기라 빨리 잡고 아니면 합류해야 해서."

"걱정 마."

황제를 설득한 호언장담이 마스터 레벨을 찍고 여기저기서 남발됐다.

무려 30억 신화를 이룩한 말발!

"오빠 믿지?"

"……."

"못 믿어? 그럼 믿게 해줄까? 내가 재미있는 영상 하나를 갖고 있는데."

"으아아악! 안 돼! 믿어. 믿지, 오빠! 완전 믿고말고."

그것에 현혹된 강예슬이 미친 듯 고개를 끄덕였다.

그때 그 일을 후회하진 않는다. 벌칙에 걸렸고 했어야 하니까. 다만 부끄러울 뿐!

"가자."

축 처진 어깨에 손을 얹은 한시민이 호기롭게 걸어 나갔다.

때마침 4만 골드나 처먹은 빼액이의 성장을 시험해 볼 대상이 필요했는데 잘됐다 싶었다.

"빼액아! 어디 있냐! 일 들어왔다!"

"빼애애액!"

영주성을 나서며 외치자 하늘 저 높이서 우렁찬 울음소리가 들려왔다.

3

사람 한 명 안락하게 겨우 태울 정도였던 매는 어느새 지상에 가까워졌을 때 그 그림자로 인해 몇 명의 시야를 태양으로부터 가릴 정도로 성장해 있었다. 커진 몸만큼 덩치도 불었고.

어제의 빼액이가 매였다면 오늘의 빼액이는 뭐랄까…….

"뚱뚱한 매 같아."

“……그딴 식으로 표현하지 마, 우리 빼액이.”

“왜? 그럼 뭐라고 그래. 진짜 그렇게 느껴지는데.”

“…….”

강예슬의 솔직한 발언에 한시민이 인상을 찌푸렸다. 아무리 그래도 그렇지 뚱뚱한 매가 뭔가. 부정할 수는 없지만 주인인 그까지 그걸 인정해 버리면 잔뜩 칭찬을 바라고 내려온 빼액이를 볼 면목이 없지 않은가.

저 순진무구한 면상에 대고 어찌, 왜 그따위로밖에 성장하지 못했느냐 면박을 주나. 빼액이도 원해서 이런 모습으로 진화한 건 아닐 텐데.

“에휴.”

다 주인이 거지인 탓이지.

얼마가 될지는 감히 상상조차 힘들지만 한 번에 성룡으로 진화시킬 만큼의 금을 먹였다면 저런 애매한 모습을 거치는 과정은 생략 가능했을 것이다.

“그래도 우리 빼액이. 사람 한 넷은 태울 정도로 잘 커줬어.”

“빼애액!”

두툼한 뱃살에서 울리는 울음소리가 굵어졌다. 어깨 위의 작은 새만큼 귀엽지는 않지만 듬직함에 한시민의 입가에 미소가 절로 지어진다.

‘그래, 다 거쳐 가는 과정일 뿐이야.’

외형 따위 뭐가 중요하겠는가. 중요한 건 빼액이의 모습이 점차 드래곤으로 향한다는 증거들이 속속들이 검출되고 있다는 점!

'두툼한 뱃살, 날개, 작은 뿔.'

이번이 2차 진화지만 심정으론 이제야 1차 진화를 한 기분이다.

드디어 드래곤다운 모습이 조금씩 보이기 시작하다니!

조금만 더 가면 된다. 진화를 두 번 정도만 더 시키면!

……파산하겠지.

씁쓸함에 입맛을 다시며 빼액이의 등에 올라탔다. 확실히 테이머들이 왜 집문서까지 털어가며 한 번 죽으면 끝인 테이밍 몬스터에게 목숨을 거는지 알 것 같기도 했다.

제 분신이며 투자하는 만큼 성장하는 또 하나의 캐릭터. 게다가 정성을 들이는 만큼 몬스터도 주인에게 정을 갖고 따르며 집에서 키우는 강아지와 달리 함께 모험을 다니며 세상을 볼 수 있는 장점까지 갖고 있다. 다 컸을 때의 성취감 역시 말할 것도 없고.

문제가 단 하나 존재한다면 돈이겠지만.

'그 정도쯤이야.'

이제는 해탈했다. 이미 50억이 넘는 돈을 먹여놓고 이제 와 아까워하면 뭐하나. 그만한 가치를 지녔다고 생각하면 그만이지.

“얼른 몸집 불리자, 빼액아.”

“빼애액!”

40억짜리 뱃살을 토닥이며 격려했다.

[+15 황금 해츨링(2차 진화)]

* 등급: Epic Legendary

* 레벨: 50

* 스탯(610)

–힘(201) 민첩(186) 마력(1)

* 스킬

–골드 성장(SS), 골드 버프(SS), 골드 서포트(SS)

33부터 40까지 7천 골드, 41부터는 2천 골드씩 필요해 50레벨까지 총 2만 7천 골드를 소모했다.

과연 도달할 수 있을까에 대한 고민을 하던 50레벨을 달성하자마자 일어난 2차 진화. 그리고 막대한 스탯 포인트.

거기서 한시민은 선택해야 했다. 남은 13,000골드를 마저 레벨에 투자할 것이냐 아님 어차피 60레벨을 찍지도 못하는 거 본인을 위해 오랜만에 쓸 것이냐.

‘깔끔한 게 좋으니까.’

결국 결정한 게 50레벨까지만 맞추고 골드 버프로 우회하는 것!

골드 서포트라는 항목도 있지만 처음 빼액이를 만나고부터 지금까지 단 한 번도 흥미는커녕 시선조차 주지 않은 것이기에 애초에 선택지에서 제외되어 있었다.

고민 끝에 기껏해야 레벨 2나 3 정도 올리느니 골드 버프를 택했고 그렇게 4만 골드는 증발했다.

* 골드 버프 효과

1. 공격력 버프 Lv30 : 공격력 +30%
2. 방어력 버프 Lv20 : 방어력 +20%
3. 모든 스탯 버프 Lv10 : 모든 스탯 +10%

님도 보고 뽕도 따는 결과와 함께.

안 그래도 높은 한시민의 스탯들이 10%나 증가했고 전설의 망치 공격력 또한 10% 추가적으로 증가!

거기까지 40억이 들었다는 것, 아니, 오른 시세로 계산해 52억이 들었다는 것만 제외하면 아주 행복한 결말이라고 봐도 무방하겠지.

"빼애액!"

빼액이가 훨씬 빨라진 비행으로 자신의 가치를 증명하고자

울어댔고, 정설아와 정현수가 미리 이동해 있던 장소까지 도착하는 데엔 얼마 걸리지 않았다.

한시민은 호랑이에게 유감이 많다.

우선 한창 자만심에 빠져 있던 그에게 처음으로 힘겹다는 느낌을 준 몬스터이며 그로 인한 분노로 그들의 영역에 불을 싸지름으로써 눈물을 머금고 이사 가게 만든 원흉이기도 하니까.

그때 또 한 번 돈을 아주 많이 벌어야겠다는 다짐과 제국으로 쳐들어가 좋은 방어구 세트를 뜯는 데 성공했으니 고맙기도 하면서, 동시에 그래도 집에 방화한 건 심한 게 아니었을까 하는 미안함도 함께 드는 애증의 존재!

해서 쿨하게 받아들인 것도 있다. 그들과의 인연이자 악연을 끊을 때가 온 것 같으니까.

"확실히 호랑이들 정도면 애먹을 만도 하겠네요."

"사냥해 보셨어요?"

"네, 그때 숲에 불 지른 거요. 그게 걔들 때문이에요."

"아아."

추억을 회상하는 한시민을 보며 정설아가 조심스럽게 물

었다.

"그러면 지금은……."

가능한 걸까.

한시민이란 이름은 이제 불가능한 게 없어 보일 정도로 아득히 높은 곳까지 올라가 있고 이번에도 역시 천만 원이라는 돈을 쓰는 데 있어 한 치의 망설임도 없이 결정할 정도로 믿음이 있지만 그것과 별개로 현실을 파악하는 데엔 냉철해야 하니까.

어쨌든 모두 비슷한 시간을 게임에 투자했고 세상 무서울 게 없어 보이는 한시민도 아직 이루지 못한 것이 많을 것이다. 그들이 못 찾을 뿐이지.

단적인 예로 아직도 레벨이 43에서 그대로라고 하지 않는가!

예전에 비하면 눈에 띄는 속도의 레벨 업이지만 그때부터 극악으로 치닫는 필요 경험치 양과 현재 스페셜리스트가 60레벨을 목전에 두고 있음을 생각해 보면 여러모로 오버 밸런스 수준의 중간 네임드 보스 몬스터를 잡는 게 힘들어 보이긴 한다.

"물론이죠. 걱정 마세요."

하나 한시민은 그 걱정마저 지울 정도로 당당하게 고개를 끄덕였다.

확실히 걱정되긴 한다. 그때에 비해 방어력이 월등히 높아졌지만 결국 중요한 결정타를 날릴 무기는 13강에서 14강으로 한 단계 올랐을 뿐이고, 토끼들도 레벨이 많이 올랐지만 음침한 숲에서 방귀깨나 뀐다는 호랑이들이 단체로 몰려오기라도 한다면 장비발이 많이 퇴색될 테니까.

어쩌면 지금까지의 방식을 버리고 요리조리 돌아다니며 따로 다니는 호랑이들을 처치하며 전략을 짜야 할 정도!

그럼에도 당당했다.

"빼액이가 있으니까요."

모든 투자는 성장으로 직결된다.

강예슬이 고작 스킬 두 개 들어 있는 스킬북에 61억을 투자한 것처럼 한시민 역시 그의 직업적 특색을 살리기 위해 그만한 돈을 투자했다.

아직 결과가 또렷이 보이기는커녕 그저 수십억짜리 중형차 한 대를 산 기분이지만 빼액이의 스탯창을 보면 냉정한 머리는 든든함을 심어준다.

그런 자신감이 떳떳한 발걸음을 이끌어 냈다.

방화범이 제 발로 피해자들에게 찾아왔다.

호랑이들은 그날의 지옥 이후 매일 악몽에 시달려야 했다.

제아무리 음침한 숲을 지배하는 종족이면 뭐하나! 작은 불씨에서 시작한 거대한 불길을 막기엔 결국 신이 빚은 나약한 피조물에 불과했다.

가끔 마법을 사용하는 몬스터들이 있긴 하지만 그들을 동원해도 진압하기엔 이미 불길이 너무 커져 있었고 당장 도망치지 않으면 겁화의 불길 속에 갇혀 녹아내릴 지경인데 그런 생각을 할 겨를이 어디 있는가!

누구의 소행인지조차 판단하지 못한 채 도망친 호랑이들은 불에 대한 트라우마가 생겨 새로운 본거지는 탈 나무가 하나 없는 평지와 돌이 가득한 지형에 잡았다.

높은 바위 절벽들 속에 있는 분지!

원래 그곳에 살던 몬스터들이 있었고 그들 또한 숲 내에서 꽤나 강력한 종족이었지만 자신들의 본거지와 동족을 잃은 분노에 눈이 돌아간 호랑이들을 당해낼 순 없었다.

괜히 숲의 지배자겠는가!

게다가 불이 호랑이들을 반응할 틈도 없이 덮쳤듯 호랑이들 역시 그곳에 살던 몬스터들을 예고 없이 덮쳤다.

호랑이들이 여기까진 웬일이지? 어디 단체로 소풍이라도 가나? 하고 생각하던 이들에겐 청천벽력 같은 이야기!

결국 그들은 쫓겨났고 호랑이들은 후유증을 정비하며 곰곰이 생각해 봤다.

대체 그런 큰불이 왜 났을까?

평생 살며 음침한 숲에 그런 불이 난 적이 없으니 당연히 자연적인 현상이라 보긴 어렵다.

몬스터이면서 지능이 인간에 근접하는 호랑이들은 그를 통해 하나의 결론을 도출했다.

불은 누군가가 싸지른 것이다!

그렇지 않고서야 늘 습기가 가득하고 축축한 나무에 불이 붙을 리가 없다.

거기까지 생각하자 용의자가 하나둘 걸러졌다. 적이 워낙 많아 하나를 골라잡을 순 없지만 상관없었다. 그들은 숲의 지배자! 의심이 가는 놈들을 다 잡아다 족치면 그만이다.

그렇게 사냥은 시작되었고 죽어 나가면서도 진범으로 의심되는 행동을 하는 몬스터들은 없어 답답하던 찰나 인간들이 숲에 들어오기 시작했다.

설마 여기까지 올까 생각하고 하던 일을 하다 인간들이 들이닥쳤고 잊고 있던 한 명의 인간이 떠올랐다.

물론 네임드 호랑이는 본 적이 없다. 하나 몇몇 호랑이는 그 날을 기억한다. 고작 인간 주제에 그들과 맞서던 인간!

앞발로 한 번 내려치면 심장을 드러내던 나약한 존재들과는 달랐으니 기억하지 못할 수가 있나!

네임드 호랑이가 눈을 빛냈다. 확실히 인간이라면 그런 비열한 짓을 하고도 남는다. 하나 자신과 싸우기 위해 온 세 명의 인간은 아닌 것 같았다. 아쉽지만 그래도 귀찮게 덤벼드는 그들을 상대하던 찰나.

"크르르릉."

"크르릉?"

불이 났던 날 인간과 마주했던 호랑이 하나가 깊은 울음을 흘렸다.

그놈의 냄새가 난다. 그때 그 인간.

한번 맡은 냄새는 절대 잊지 않은 호랑이들이 이빨을 드러냈다.

맞든 아니든 중요한 건 그날 그 인간이 호랑이들을 공격했다는 것과 방화와 연관이 있을지도 모른다는 작은 가능성, 그거면 충분했다.

죽인다!

"크르르릉!"

호랑이들이 단체로 뛰쳐나갔다.

한시민이 말했다.

"혹시 모르니까 천천히 하나씩 끊으면서 가죠. 괜히 바로 네임드한테 갔다가 둘러싸이기라도 하면 안 되니까."

"네, 그렇게 해요."

"우리 토깽이들 죽으면 안 되지."

다굴로 흥한 자이기에 다굴의 위험성에 대해 누구보다 잘 안다.

무려 99마리나 되는 토끼지만 만약 호랑이들도 그만큼의 숫자가 갖춰진다면 싸움에서 누가 이길지는 일단 덩치에서부터 결과가 나와 있지 않은가.

3천만 원 벌겠다고 수억 원 투자한 토끼들이 죽으면 안 되지.

해서 조심스럽게 전진했다. 하나 한참을 가도 호랑이는 보이지 않았다.

"뭐야, 여기 맞아요?"

"네, 이쯤 되면 한두 마리씩 보였는데……."

순간 불길한 예감이 훅 스쳤다. 그리고 언제나 그렇듯 한시민의 불길한 예감은 틀린 적이 없다.

"크르르릉."

"크르르."

"크르르르르."

"……저기, 이거 저만 들리는 소리 아니죠?"

"크르르 하는 소리라면 나도 들려, 오빠."

"저도요."

"소리만 들리면 다행이게? 내 눈엔 보이기까지 한다."

토끼들이 순식간에 한시민 근처로 오밀조밀 모였다.

바위들 사이사이에서 언제 왔는지 슬쩍 모습을 드러내는 호랑이들. 그 수가 위험할 정도로 많았다.

"와, 애네 환영 인사 참 거하게 해주네요."

"……."

처음 꺼냈던 말이 씨가 됐다.

4

"……."

난감한데?

어떻게 알고 왔는지 이미 주위를 둘러싼 호랑이들을 보며 어색한 웃음을 흘렸다.

"안녕? 오랜만이네?"

말이 통할 리는 없지만 왠지 모르게 수십 마리의 호랑이의 눈빛이 모조리 그에게만 향하고 있는 것 같달까. 손을 흔들어 줘야 할 것만 같은 기분이 들었다.

"크르르르."

그러자 더 짙어지는 살기.

"오빠, 이거 좆된 거 맞지?"

"……넌 인마, 여자애가 말을 좀 예쁘게 좀 해."

"에이, 현수 오빠도. 하루 이틀도 아니고."

살벌한 분위기에 억지로 웃으며 분위기 전환을 해보고자 하지만 씨알도 먹히지 않는다.

과연 숲을 지배하는 호랑이들답게 적에게 준비할 시간을 주지 않고 다가오는 치밀함! 침이 절로 삼켜진다.

그냥 덩치만 큰 몬스터가 아니라는 점이 압박을 세 배로 만드는 요인.

"맞으면 아프겠지?"

"죽을지도."

"한 세 마리까지 한꺼번에 사냥할 때도 이렇게 안 떨렸는데."

"……."

"날 막 거칠게 눕혀놓고 다루면……."

"닥쳐."

그러면서도 전투를 준비한다.

피할 수 없으면 싸워라.

비록 하늘을 날 수 있는 빼액이가 있지만 토끼 99마리를 태울 수 있을 만큼 크진 않다.

한시민은 죽을지언정 자신의 펫들을 두고 갈 사람이 아니니까 어쩌겠나.

"한 놈만 조진다!"

"뀨뀨!"

망치를 빼 들며 당당히 외치는 목소리에 토끼들이 불안함을 내던지고 진형을 갖췄다.

그래! 싸워보자! 레벨은 낮지만 15강 장비와 용기가 있지 않은가!

그래 봐야 100레벨 이전에 깰 수 있도록 만들어진 메인 퀘스트 2막에 소속된 몬스터일 뿐이다. 쫄 필요 없다. 어쨌든 맞으면 죽는 건 이 세상 모든 생명체가 똑같다.

"토끼들아, 틈이 보이면 뒤도 보지 말고 도망쳐. 분대별로 생존을 최우선으로 여기고 영지에서 만난다. 알았지?"

"뀨뀨!"

그렇게 외치는 한시민이 토끼들에게 당부했다.

"……."

동료들의 할 말을 잃게 만드는 희생정신!

역시 레전더리 등급의 테이머구나! 자신의 목숨 따위 테이밍한 몬스터들을 위해 내어주는 각오까지.

"하긴, 한 마리에 수백인데 어떻게 버리겠어."

"어허, 수백이라니! 그런 값 떨어지는 소리 하지 마라. 적어도 2억은 잡아야지."

비꼬는 강예슬의 말을 정정하며 한시민이 앞으로 나섰다. 어느새 거대화한 빼액이도 전투를 준비했다. 한숨을 쉬는 스페셜리스트도 서포트를 위해 대형을 갖췄다.

남은 건 전투!

"이쯤 분위기 잡고 그림 뽑았으니 물러간다거나 그런 일은 없겠지?"

"크르르르!"

"커허헝!"

"……없네."

별 얘기 없이 전투는 시작됐다. 하나 그 어느 때보다 화려하고 박진감 넘쳤다. 수십 마리의 호랑이 떼가 일제히 달려들며 점프하는 모습이란.

잠시 넋을 놓고 볼 뻔했다.

아마 게임을 처음 시작한 유저였다면 그랬을지도 모른다.

그리고 그 짧은 몇 초 동안 조용히 감상한 대가로 이틀의 접속 불가 판정을 받았겠지.

하지만 한시민은 그런 어중이떠중이가 아니다.

빼액이를 앞세우며 망치를 든다. 한 번에 호랑이 수십 마리에게 대미지를 줄 수 있는 화려한 스킬은 없지만 기본 방어력과 공격력, 강화 오라에 붙어 있는 수십 개의 옵션은 결코 꿇리지 않는 위력을 선사한다.

"하앗!"

휘두르는 망치와 그를 따르는 토끼들.

어디까지나 토끼들의 생존을 최우선시하는 전투기에 일점돌파를 할 수밖에 없다.

그를 따라 달리는 스페셜리스트.

당연히 포위망은 더 좁혀지고 도망칠 공간은 더더욱 줄어든다. 이렇게 된 이상 달리는 방향으로 뚫지 못하면 승산이 없어지는 상황!

"가라! 빼액이!"

"빼애애액!"

그런 위급한 상황에서 빼액이가 모두의 희망을 담고 앞으로 돌진했다.

거대한 매의 몸통 박치기!

호랑이 셋은 합친 크기에도 호랑이들은 전혀 겁먹지 않고 부딪쳤다.

쾅-!

엄청난 굉음!

튕겨 나가는 호랑이 여섯.

순식간에 뚫린 구멍은 수십의 포위망을 무색하게 만들며 넓은 도피처를 만들어주었다.

"……."

"……."

순간 깔린 정적. 그리고 빼액이에게 향하는 시선들.

"오빠, 저거 뭐야?"

잔뜩 긴장했던 스페셜리스트도 맥이 빠졌다.

방금 본 거 잘못 본 건 아니겠지?

기억을 되짚어 봐도 틀리지 않다. 빼액이가 자신에게 달려드는 호랑이들을 그대로 몸으로 박았고 무려 여섯 마리의 호랑이가 기절과 함께 끈 떨어진 인형처럼 날아갔다. 아직도 정신을 못 차리는 걸 보면 단순한 충돌도 아니었고.

호랑이들도 놀랐는지 멈칫한 먹잇감들을 향해 달려들지 못했다.

그런 어수선한 상황에서 가장 놀란 건 한시민이었다.

"……어라?"

뭐지? 1년 365일 하루 20시간씩 플레이해야 겨우 깰 수 있으리라 생각하고 시작한 게임이 사실 이지 모드라 20시간 만에 클리어해 버린 느낌이랄까.

그 정도까지의 격차는 아니었지만 한 줄기 희망이 수십 가닥 들어오는 기분이었다.

"도망칠 필요가 없겠는데요?"

"……그러게요."

원래 호랑이들을 보고 내뺄 목적이 아니었다는 사실이 자연스럽게 상기된다. 동시에 3천만 원짜리 목표가 제 발로 다가와 줬다는 것까지.

"토끼들 10열 종대 헤쳐 모여!"

신나게 도망치던 토끼들이 그대로 돌아와 위풍당당하게 울음을 흘리며 날개를 퍼덕이는 빼액이 뒤로 선다.

진격하는 부대.

"제군들! 죽지 말도록!"

"뀨뀨!"

"혹시 죽을 거 같으면 여기 이 꼬맹이를 제물로 바치면 된다."

"뀨!"

"아니, 왜 나야?"

"왜냐하면 넌 나만의 개잖아."

"……."

일방적인 사냥에서 팽팽해진 전쟁이 된 2차전이 시작됐다.

켄지 길드는 오랜 시간의 레이드 끝에 결국 해냈다.

압도적인 자금, 백이 넘는 헬퍼, 그리고 전설의 대마도사의 후예까지.

호흡을 맞추고 한 장소에서 하나의 몬스터를 수십 번 트라이한 그들에게 결국 레이드 성공 여부의 관건은 시간이었으니까.

"후우, 모두 수고하셨습니다."

"고생 많으셨습니다, 길마님!"

"저희가 처음일 겁니다."

"물론이죠. 이게 지배자인지 아닌지는 사체를 가지고 가 봐야 알겠지만 일단 하나를 성공했으니 만약 아니라고 해도 다음 레이드는 무난할 겁니다."

자부심 넘치는 걸음이 리치 영지로 향했다.

씻지도 못하고 몇 날 며칠 게임을 하는 건 이들 역시 마찬가지!

꼴이 꾀죄죄하지만 손에 들린 수많은 전리품은 유저들의 시선을 절로 사로잡는다.

"와, 저거 켄지 길드 아냐?"

"한동안 안 보이더니. 네임드 잡았나 본데?"

"진짜 대단하다, 대단해. 레벨 차이가 엄청 날 텐데."

"집념의 승리지. 돈의 승리고."

그런 시기와 질투는 켄지에겐 삶의 원동력!

제아무리 떠들어 봐야 네임드 몬스터를 잡고 나온 유니크 등급의 아이템을 보면 부러워할 사람들이리라.

그렇게 금의환향한 켄지 길드가 가장 먼저 보좌관을 찾았다.

"어이쿠! 오셨습니까!"

허겁지겁 달려 나오는 보좌관. 마을의 가장 큰 수입원이기에 모험가임에도 깍듯할 수밖에 없었다. 애초에 영지를 위해서 모험가에 대한 색안경을 벗은 지도 오래고.

"숲의 지배자로 추정되는 놈을 잡아 왔습니다. 봐주시지요."

"예?"

하지만 그런 그도 켄지의 말에 고개를 갸웃했다.

이건 뭔 개소리래?

이해되지 않는 표정. 켄지는 그걸 빠르게 캐치했다.

"무슨 문제라도 있습니까?"

아직 사체를 보여주지도 않았는데 왜 저러지?

이유는 모르겠지만 뭔가 잘못됐다는 것쯤은 알 수 있다. 보좌관은 뜸 들이지 않고 자신이 느끼고 있는 부조화를 친절히 설명했다.

"그게 아니라, 숲의 지배자는 이미 영주님께서 잡아 오셨는데 어찌 또 지배자가 있나 궁금해서 그랬습니다."

"……예?"

"아마 확실하지 않아 다른 놈을 잡아 오신 것 같은데 음침한 숲의 지배자는 영주님과 영주님의 일행분들이 잡아 오셨습니다."

"그럼 이놈은……."

"아! 이 녀석 역시 숲에선 이름을 꽤 날리는 놈으로 책에서 본 바가 있습니다. 아쉽지만 그래도 영지에 큰 도움을 주셨군요."

"……."

그리고 진행되는 퀘스트. 비록 선수는 뺏겼지만 쌓아놓은 공헌도와 비슷한 네임드를 잡아 온 걸 인정해 필요한 정보를 구할 수 있는 기회!

하나 켄지는 한동안 말을 잇지 못했다. 또 졌기 때문. 진 것뿐 아니라 져 놓고 이겼다고 착각하고 좋아했다. 자존심까지 상한다.

아무리 그가 이런 일에 태연할 수 있다고 해도 결국 인간이다. 기분이 좋을 리가 있나.

"많이 피곤해 보이시는군요. 자격을 갖춘 모험가분들께 부탁드릴 일이 있는데 그건 쉬고 오시면 말씀드리겠습니다."

"……감사합니다."

결국 보좌관이 그를 배려해 줬다. 원래라면 한 번 놓친 기회는 웬만하면 다시 오지 않는다. 그나마 돈으로 쌓아 올린 공헌도가 영지의 한쪽 성벽을 지었다고 봐도 무방하기에 가능한 일!

켄지 길드가 씁쓸히 물러났다. 오랜만에 저녁에 한바탕 술자리가 벌어졌다. 그들은 이런 소비가 그들의 기분을 꿀꿀하게 만든 장본인을 웃게 만드는 일이라는 것까지 생각하진 못했다.

그래도 켄지 길드가 제법 강력한 네임드 몬스터를 레이드 한 사실은 변치 않는다. 비록 그 과정에서 어마어마한 돈이 소모됐고 시간 또한 지체되어 레벨 업에 제동이 걸리긴 했지만 얻은 방어구는 무려 70레벨 제한 방어구!

이대로 모든 걸 뒤처질 순 없어 방송에 공개했다.

사람들의 관심이라도 모으자. 메인 퀘스트야 조금 밀리더라도 결국 마지막에 먹는 놈이 이기는 거니까. 게다가 스페셜리스트는 애초에 그들보다 1주일 일찍 퀘스트를 시작한 이들이 아닌가.

"저희는 이번 레이드를 통해 유니크 방어구 한 피스와 장신구 한 피스를 획득 및 다양한 레어 아이템을 획득했으며 음침한 숲에 퍼져 있는 네임드들이 각각의 피스를 드롭할 것으로 예상됩니다."

이런 자랑을 빙자한 방송은 길드 이름도 알리고 유저의 품격을 높이는 중요한 자리다.

사람들은 돈지랄이네 뭐네 하면서도 결국 켄지의 아이디를 들으면 '아, 그 유니크 아이템 도배한 사람?'이라는 이미지를 먼저 떠올릴 것이고 자연스럽게 자신의 장비와 비교하며 주눅이 들게 마련이니까.

그럼 켄지의 발언권은 높아지고 후반으로 가 유저가 영지를 차지하고 왕국을 차지하는 시점에선 정말 한 나라의 왕처럼 살 기반이 마련되는 것!

"이번 네임드 몬스터가 유니크 아이템을 두 개나 떨어뜨린 것으로 보아 해당 네임드는 숲에서 최상위 먹이사슬에 위치한 것이 아닌가 싶고……."

하나 한창 자랑하던 도중 채팅창에 한 줄의 거슬리는 채팅이 올라왔다. 결코 무시할 수 없는, 그리고 사람들의 시선을 사로잡는 채팅.

–뭐임? 유니크 아이템 나오는 레이드 몬스터가 그렇게 잡기 힘듦? 지금 시민 님 방송에선 무슨 호랑이 잡고 나온 스페셜 아이템 몇 개랑 유니크 아이템들 보여주고 있던데? 거긴 뭐임?

켄지 방송은 엄격하다. 해당 유저는 빠르게 강퇴당했지만 이미 유저들은 그 채팅을 본 상태.

–오, 뭐야. 알람 안 떴는데.

–원래 유료 방은 알람 안 뜸. 시민 그 사람 방은 만날 유료잖아.

–오늘은 얼마임?

–10만 원.

—시바, 돈 없는데.

—보러 갑니다. 수고하세요.

—스페셜이면 유니크보다 높은 거 아님?

—거기가 더 클라스 있나 보네.

시청자들이 빠지기 시작했다. 손쓸 틈도 없이.

의문의 2패를 당한 켄지가 처음으로 남 앞에서 인상을 찌푸렸다.

5

게임을 시작하고 가장 게임다운 게임을 하고 있다는 걸 느낀 때가 언제냐 묻는다면 한시민은 단언하건대 오늘이라고 말할 수 있었다.

"……아."

온몸에 진이 다 빠지는 대혈투. 진짜 어떻게 싸웠는지조차 기억나지 않을 정도로 치열하게 싸웠고 오랜 시간 뒹굴었다.

그 결과 네임드 호랑이를 잡아낼 수 있었고 자신들의 대장이자 숲의 지배자를 잃은 나머지 호랑이들과의 2차전이 시작됐었지.

기억을 더듬기도 끔찍할 만큼 끈질겼다.

산불을 피해 도망갈 땐 선택에 대한 결정이 빠른 영리한 몬스터들인 줄 알았는데 막상 자신들의 동족에 대한 복수는 미련하리만치 앞뒤 재지 않고 모든 걸 쏟아부으며 몰두한다.

그렇게 되면 오히려 약점이 잘 보이지만 반대로 그 약점을 찔러도 어떻게든 적과 함께 죽겠다는 일념과 오기에 조심할 수밖에 없다.

아무래도 한시민은 어떠한 상황에서든 자신의 손해를 누구의 것보다 가장 크게 느끼니까. 잃을 게 없는 적과의 싸움이 가장 꺼려진다.

그렇다고 도망치기에도 늦었다. 여타 게임과 달리 체력과 마나만 있는 게 아니라 스태미나도 있고 근육의 피로까지 생각해야 하는 게임에서 혼신의 힘을 다한 전투 뒤 평생을 숲에서 지내온 호랑이들을 따돌리고 도망친다?

날갯짓 정도야 할 힘이 남아 있는 빼액이를 타면 가능하겠지만 애초에 그럴 작정이었으면 싸우기도 전에 토끼들을 버리고 도망쳤을 것이다.

결국 끝까지 싸웠고, 승리했다.

어떻게 이겼는지는 모른다. 그저 정신을 차리고 봤을 때 모든 호랑이가 숨을 거두고 바닥에 누워 있었고 그건 한시민 쪽 역시 마찬가지였을 뿐.

"후욱, 후욱."

숨을 들이켜는 그 역시 드러누워 한숨 돌리고 싶은 마음이 굴뚝같았지만 가장 먼저 한 일은 피해 유무 파악이었다. 스페셜리스트야 알아서 자신들의 목숨을 잘 챙겼을 테고 죽어도 다시 살아나니 그렇다 쳐도 토끼들은 죽으면 끝이니까.

토끼를 한 마리의 노예라고 생각하는 한시민일지언정 전혀 정이 안 들었을 리는 없다.

그런 애틋한 마음으로 힘들어하는 토끼들을 정렬시킨 그의 낯빛이 어두워졌다.

"……시발."

11열 종대로 아홉 줄.

99마리의 토끼가 존재해야 할 줄엔 군데군데 토끼들이 빠져 있었다.

정확히 다섯 마리.

힘들어서 어디 자빠져 자고 있지 않나 하는 희망은 갖지도 못했다. 호랑이의 사체들 사이를 뚫고 나오는 다섯 줄기의 진홍빛 오라가 선명하게 눈에 띄었으니.

"하아."

전혀 예상하지 못했던 바는 아니다. 모든 방어구가 스페셜 등급 이상에 두 겹으로 겹쳐 입은 것도 모자라 전부 15강을 달성한 한시민도 죽을 고비를 레벨 업 덕분에 겨우 넘겼는데 토끼들이야 오죽하겠는가.

'빼액이가 아니었으면 적어도 다섯 배는 더 죽었다.'

슬픔을 삼키며 직시한 현실은 냉정했다.

동시에 후회가 들었다. 이길 수 있다는 희망을 보았을 때, 잠시 뒤로 물리고 보다 안전한 방법을 택했으면 어땠을까.

경솔했다. 판단 미스다. 그 역시 무의식중에 이런 대규모 전투에서 발생할 수 있는 수많은 변수를 인지하지 못했다.

내가 죽더라도 너는 죽이겠다는 의지로 달려들 호랑이들을 예측하지 못했다.

"후우."

한숨을 내쉬며 다가가 죽은 토끼들의 방어구를 벗겨주고 양지바른 곳에 묻는다.

가슴 울컥한 먹먹함이나 죄책감, 심한 분노 같은 건 느끼지 않는다. 어디까지나 이건 게임이고 토끼들은 그의 소환수일 뿐이니까.

아무리 또 하나의 현실이라 할지언정 한시민은 현실 이상으로 과몰입해 감정을 투자하는 일 따위는 하지 않는다. 그럼에도 조금은 씁쓸한 게 판타스틱 월드의 현실성을 실감하게 해준다.

"괜찮아, 오빠?"

"뭐, 아쉽네."

물론 가장 큰 아쉬움은 기껏 키운 토끼들의 공백에서 가장 많이 온다. 축복의 반지 효과를 많이 봤다고는 하지만 1레벨부터 키워온 토끼가 아닌가. 현 최상위 유저와 일대일을 시켜도 밀리지 않을 정도의 스펙까지 키워놨는데.

"이런 개 같은 호랑이들."

그런 생각을 하자 분노가 몰려왔다.

또 언제 빈 몬스터들을 채우고 키워! 장비는!

원흉인 호랑이들에게 절로 시선이 간다.

이런 빌어먹을 자식들. 비겁하게 다굴을 까다니!

먼저 본거지에 불을 놓은 범인이 적반하장을 시전하며 장렬하게 전사한 네임드 호랑이에게 다가갔다.

남들보다 덩치도 세 배는 큰 게 죽어서도 느껴지는 위엄은 과연 음침한 숲의 지배자다운 모습!

그러거나 말거나 한시민은 그대로 얼마나 맞았는지 얼굴 부분이 엉망이 된 네임드 호랑이를 발로 걷어찼다.

꿈쩍도 않는 호랑이.

계속해서 찼다. 분이 풀릴 때까지.

그렇게 차자 네임드 호랑이의 사체가 옆으로 밀렸다.

그리고 호랑이가 깔려 있던 바닥에서 오색찬란한 빛이 새어 나왔다.

"응?"

"엥?"

스페셜리스트도 그걸 봤다. 가장 가까이에서 본 한시민의 발길질이 멈췄다. 아주 형태를 알아볼 수 없을 때까지 발로 다져 놓을 기세가 1분도 안 돼 사라졌지만 개의치 않았다.

분노 따위도 어느새 그의 얼굴에서 사라졌다. 당연하다. 아쉬움과 분노 때문에 잊고 있던 걸 발견했으니까.

보상!

"……와."

"대박!"

"심 봤다!"

당연히 토끼 다섯 마리의 죽음보다 가치 있는 아이템들이 나오리란 생각은…….

"헐! 스페셜 아이템?"

충분히 할 수 있는 것!

대충 집은 아이템의 등급을 본 한시민의 두 눈이 커졌다. 말을 들은 스페셜리스트도 무거운 몸을 일으켜 쏜살같이 달려왔다.

그런 아이템이 무려 열댓 개가 넘는다. 모두 스페셜 등급일 리는 없지만 가슴이 두근거리는 건 어쩔 수 없는 일!

토끼 다섯 마리의 죽음을 다시 한번 애도하며 미소를 지었다.

"바로 작업 들어가죠."

한시민의 방송이야 이제는 워낙 유명하니 사람들은 알아서 들어왔다.

무려 입장료가 10만 원임에도 채워지는 시청자 수는 거르고 걸러 일정 수준 이상의 과금을 얼마든지 할 수 있는 조건으로 고정되었다고 분석하는 이가 나올 정도!

메인 퀘스트를 완료하고 다음 목적지에 대한 내용을 수락한 뒤 방송을 시작한 한시민은 호랑이를 잡고 나온 아이템들을 하나하나 꼼꼼히 설명해 주었다.

"없어서 못 사는 스페셜 등급의 아이템! 거기다 레벨 제한마저 따끈따끈합니다. 무려 60레벨 제한! 그뿐입니까? 10레벨에서 20레벨 단위별로 교체해야 하는 방어구와 달리 옵션만 좋으면 강화까지 해서 평생 쓸 수 있는 장신구입니다. 왜 판타스틱 월드에서 장신구를 평생 템으로 분류하는지는 방송을 보는 분들을 알 리라 판단하고 바로 본론으로 들어가겠습니다."

돈을 위한 홍보는 황제마저 혹하게 할 정도로 맛깔나게 하는 한시민이다. 거기다 그가 끼고 있는 수많은 진홍빛 아이템은 유저들에게 신뢰감을 준다. 무엇보다 3천만 원을 받고 진행한 의뢰에서 나오는 아이템들의 지분 70%는 한시민이 갖기로 구두 계약마저 한 상태. 열심히 안 팔 이유가 없다.

–여기가 판월 최초 스페셜 아이템 먹고 파는 방송인가요?

–시민 님이 끼고 있는 것들도 다 스페셜 등급 아닌가?

–네임드 잡고 스페셜 등급 나온 건 처음인 듯?

–지금 메인 퀘스트 진행하시는 숲 몬스터 레벨이 대략 70에서 100 사이라고 들었는데 그럼 스페셜 등급은 적어도 100레벨 이상의 네임드 몬스터에서 나오는 건가?

유저들이 또 대륙에 파문을 몰고 올 흥밋거리에 떠들든 말든 한시민은 설명을 다 끝내고 마지막 물건을 꺼냈다.

불과 몇 시간 전 장렬하게 전사한 다섯 토끼의 유품! 토끼 방어구와 이빨.

"……아니, 오빠. 그거 팔게?"

"그럼, 팔아야지. 다시 토끼 주워서 키울 순 없잖아."

"그래도……."

어떻게 그럴 수 있어!

외치려던 강예슬이 고개를 갸웃했다.

'아닌가, 이게 맞는 건가?'

잔인하다고 생각하려고 보니 여긴 게임이다.

한시민이 마음에 들지 않아서, 부족한 테이밍 칸을 만들기 위해 직접 테이밍한 몬스터를 죽여도 전혀 이상하지 않은 세계에서 무슨 생각을 하는 거지?

"자, 이걸로 말할 것 같으면 모든 테이머의 드림 아이템! 대부분의 테이머분이 시작과 함께 토끼를 가장 많이 반려로 택하시죠? 귀엽고 레벨도 낮아 테이밍도 쉽고. 하지만 그만큼 가장 죽기 쉬운 펫도 토끼죠. 그래서 준비했습니다! 토끼 전용 방어구와 이빨! 제 토끼 군단에 대해 잘 아실 텐데 제 토끼들도 1레벨부터 이거 끼고 50레벨 가까이까지 별다른 위험 없이 쑥쑥 컸습니다."

-오오! 뭐야? 토끼 아이템? 저런 것도 있어?

-시알못이네. 가서 시민 영상 구독하고 오셈.

"무려 15강을 해놓아 최소 100레벨 몬스터와 싸워도 이길 수 있을 정도의 아이템! 아쉽게도 다섯 마리의 토끼가 제 곁을 떠나 팔게 되었습니다. 토끼를 진정한 반려라 여기시고 아낌없는 투자를 할 준비가 되신 분에게만 기꺼이 판매하도록 하겠습니다."

약간의 과장과 토끼를 위하는 유저임을 강조하는 멘트!

실상을 들여다보면 비싸게 주고 살 호구를 찾는다는 말이지만 멋지게 포장되었다.

가장 강한 임펙트와 함께 방송이 종료됐다.

그리고 2차 전쟁이 시작됐다.

“누가 살 거야?”

“가위바위보 하자.”

“에이, 오빠. 재미없잖아. PVP로 정하자.”

“싫어.”

“공평하게 해.”

세 사람의 논쟁! 스페셜 등급의 팔찌를 향한 불꽃 튀는 접전!

한시민은 빼액이의 등에 누워 편안하게 관전했다.

6

아이템 거래는 판월 중개 사이트에서 경매를 통해 하기로 했고 한동안 스페셜리스트는 레벨 업에 몰두하겠노라 선언했다.

어찌어찌 한시민의 도움을 받아 중간 네임드 몬스터를 잡긴 했지만 다음 단계의 퀘스트를 진행하려면 그보다 강한 몬스터들을 잡아야 하는 때가 올지도 모르니까.

가서 고생하며 시간을 질질 끌리는 것보단 그보다 먼저 레벨을 올려 조금이나마 편하게 사냥할 수 있는 환경을 만들겠다는 의지.

게다가 이번 네임드 몬스터 사냥으로 꽤 많은 것을 건지지 않았는가!

기쁜 마음은 여유를 선사했고 이는 곧 과소비로 이어졌다.

"매미 좀 부탁드려요."

"언제든지요."

하루 20시간 사냥하면 3천만 원이다. 지난달 정산으로 2억가량 되는 돈을 받았으니 틈틈이 하는 알바치곤 상당히 좋은 셈.

어차피 영지를 둘러싼 거대한 성벽을 짓는 동안 어디 갈 생각도 없었기에 돈 준다 할 때 기꺼이 따랐다.

그러면서 시간이 날 때면 여기저기 돌아다녔다.

'특별하고 예쁜 목걸이 하나 누가 안 떨어뜨리나.'

조만간 있을 공주의 성년식에 빈손으로 갈 순 없으니까.

그의 인성이라면 그러고도 충분히 남겠지만 그랬다간 미래에 얻을 수 있는 더 큰 이익을 포기해야 하는 상황이 나오기에 귀찮음을 감수하고서라도 정성을 들일 필요가 있다. 단순히 공주는 그런 이익 관계로만 다가가지 않아도 될 만큼 예뻐졌기도 하고.

그렇게 시간은 빠르게 흘러갔고 칸이 리치 영지에 도착했다.

"오! 스승님! 여긴 어쩐 일로 오셨어요?"

"……네가 오라 하지 않았냐."

"아, 맞다."

머리를 긁적이며 자리로 안내한다. 시중에게 차를 한 잔 부탁하며 높아지는 콧대!

이게 칸의 제자 시민이다!

내 비록 초보자 때는 별 볼 일 없고 강화 스킬 하나 배우겠다고 빌빌거리며 돌아다녔지만 불과 반년 조금 넘는 시간 동안 이토록 성장했다.

이보다 뿌듯한 상황이 어디 있을까.

딱히 칸에게 유세를 부리고 싶은 마음은 아니지만 칭찬받고 싶다랄까.

"많이 컸네."

"그쵸? 역시."

물론 칸은 이미 예전부터 한시민을 인정하고 있었고 성격상 그런 걸 말로 표현할 사람이 아니기에 무덤덤하게 고개를 끄덕였다.

황제 앞에서 그 난리를 쳤는데 영주가 되어 귀족 행세를 하고 있는 모습이 딱히 놀랄 일도 아니고.

"그래, 왜 불렀냐."

"아, 잠시만요. 까먹어서."

한시민이 기억을 더듬었다. 분명 그가 칸에게 리치 영지로 오라 하긴 했다. 한데 너무 오래된 일이고 그 과정에서 정신없는 일이 워낙 많이 일어나 잠시 무의식 바닥으로 떨어져 찾는 데 시간이 좀 걸렸다.

'분명 중요한 일이었는데.'

워낙 몇억에서 수십억씩 왔다 갔다 하다 보니 어쩔 수 없는 현상.

한참 기억을 뒤지던 한시민이 결국 떠올려 냈다.

"아! 맞다."

"……?"

"스승님, 이제 아인 왕국 버리고 이쪽으로 오시죠. 강화소 크게 지어놨습니다."

그래, 이거였지.

중요하다면 중요한 사안이다. 대체로 대영지임을 증명하는 요소로 인구수, 성의 유무 등등 수많은 것이 작용하지만 사람들이 인정하는 몇 안 되는 중요한 것 중 하나가 바로 강화소니까.

대륙에 100 겨우 넘는 숫자의 강화사.

하나의 강화소에 몇 명에서 많게는 열댓까지 몰려 있는 경우를 감안해 보면 그야말로 강화소가 있는 영지는 사람들의 유동성과 강화사들이 인정하는 영지임을 보일 수 있는 희귀한 조건이다.

거기에 얼마나 용한 강화사가 있느냐의 유무로 넘어가지만 그 부분은 제하고서라도 리치 영지는 칸이 필요했다.

“제 스승님이잖아요. 심혈을 기울여서 지었습니다. 칸 가문의 강화사도 세 명 정도 데리고 왔고요.”

“…….”

돌아보면 지금의 한시민을 있게 만들어준 근원!

웬 듣도 보도 못한 모험가 놈이 달라붙어 가문의 비기나 다름없는 강화를 가르쳐 달라고 조를 때도 매정하게 내치지 않고 그래도 조건이나마 붙여 기회를 준 은인!

이런 식으로 돌아올 줄 몰랐던 배려에 칸이 코를 훌쩍였다.

“……네놈.”

“스승님…….”

사제 간의 뭉클한 모습에 보좌관이 눈물을 훔쳤다.

저 피도 눈물도 없는 영주 새끼한테 저런 면이 있을 줄이야.

그 역시 영지를 위해서라면 마땅히 한시민의 반의반의 반 정도는 따라갈 의향이 있지만 저런 모습이 있을 줄은 꿈에도 상상하지 못했다.

‘그래, 어차피 강화소는 영지에도 도움이 되고.’

한시민은 무상으로 강화소를 지어서 강화사들에게 주었다. 그때 보좌관은 단순히 한시민이 같은 강화사고 그가 강화할 때 쓸 것이기 때문이라 생각했었는데 이런 이유라니.

조금의 손해는 있을 것이다.

아무리 강화소가 희귀하다고 해도 강화사들이 영지를 고르면 그곳에 짓는 강화소의 비용은 70% 정도 강화사가 내는 게 전통이자 당연한 규칙이니까.

하지만 이런 끈끈한 정이라면 보좌관도 이해할 수 있다. 장기적으로 보면 결국 메워질 손해니까.

"언제 오실래요?"

"필요한 짐만 싸서 오면 된다. 강화소 문도 닫아야 하고."

"네, 필요한 건 여기서 차차 사면되니까 빨리 갔다 오세요. 돈이랑 그런 것만 챙겨서 오시면 될 거 같습니다."

"알았다."

훈훈한 장면!

칸 역시 의외인지 의심의 눈초리를 한참이나 보내다가 이내 한시민의 눈동자에서 다른 속내가 없음을 확인하고 고개를 끄덕였다.

그에게도 나쁘지 않은 제안이다. 돈이야 딱히 필요 없으니 어디서 강화를 하든 상관없지만 이왕이면 초보자 유저가 대부분이고 생활이 안정적이며 치안이 잘 유지되는 아인 왕국의 성보단 이런 위험 지역에 제법 강해지고 있는 유저가 득실거리는 곳에서 강화소를 차리는 게 강화사 본업에 충실할 수 있고 보람도 느낄 수 있으니까.

특히 성에선 요즘 따라 일이 없어 며칠을 망치조차 쥐지 못한 적도 생기던 참이었다. 해서 결정을 내리는 데 망설임은 길지 않았다.

확신이 선 칸이 자리에서 일어서자 한시민이 따뜻한 미소를 지었다.

“스승님을 위해 아주 명당에 강화소를 크게 지었습니다. 아마 성에 있던 것보다 두 배는 더 클걸요?”

“고맙다.”

“그럼 이제 성에 있는 강화소는 필요 없으신 거죠?”

“……?”

줄 것을 주고 이어지는 용건!

갑자기 엄습하는 불길함에 칸이 말을 아꼈지만 고개를 끄덕인 순간 한시민의 마수는 이미 코앞까지 뻗쳐 온 상태.

“여기 땅값이 좀 비싸요. 재개발 지역이기도 하고 해외 대자본들이 눈여겨보는 핫플레이스이기도 하고요. 저 외곽 성벽 밖 땅을 사겠다는 사람들도 줄을 선 마당에 정중앙, 사람들이 가장 많이 다니는 거리에 저만한 크기의 건물은 얼마쯤 하실지 대충 예상은 가시죠?”

“……?”

끼어들 틈 없이 내뱉는 말에 칸이 넋을 놓고 들었다.

그러니까 뭐야.

"돈을 내라?"

허! 그럼 그렇지.

감동하던 칸에 웃었다. 어이가 없어서도 아니고 허탈해서도 아니다.

반가웠다.

역시 이놈의 인성은 어디 가질 않았구나. 하긴 황제 앞에서도 간덩이 배 밖으로 빼내 휘두르던 놈인데 이제 와 스승 공경이니 뭐니 하면서 이런 호의를 베푸는 게 이상한 거지.

너무나 당연한 반응에 비위가 상하지도 않는다.

"그래, 얼마냐."

이미 마음을 정한 칸이 물었다.

미워도 제자 놈인데 스승한테 바가지를 씌우진 않겠지.

게다가 그에겐 얼마든 지불할 만큼의 돈도 있다.

오기로 마음을 먹었으니 와야지.

"에이, 제가 어찌 스승님한테 돈을 받겠습니까."

그런 모습에 한시민이 손사래를 쳤다.

"오해가 조금 있으신 모양인데 당연히 강화소는 스승님을 위한 공짜 강화소예요. 월세도 안 내도 되시고 각종 공과금도 영지에서 지원해 드립니다."

"……."

"다만, 제가 말씀드리고 싶은 건 아인 왕국에 있는 강화소는 안 쓰시니까, 비록 저희 영지에 지은 강화소와 비교하면 수지타산이 조금 안 맞긴 하지만 제게 양도해 주신다면 손해를 조금 보더라도 그걸 잘 쓰도록 하겠다, 이 말씀이었죠."

"……."

그게 그 말 아니냐.

한시민의 본심에 보좌관이 감동받았다.

'저런 식으로 양아치 짓을 할 수도 있다니!'

불과 몇 분 전까지만 해도 속에 숨어 있던 따뜻함이 있었다는 놀라운 발견은 머릿속에서 순식간에 삭제되었다.

지금은 그저 놀라울 뿐이다.

말은 그럴싸하게 했고 발전 중인 영지와 다른 곳에서 관심 있게 지켜보고 있는 것은 맞지만 여전히 리치 영지의 지리적 위험성은 투자하기 망설여지는 장소!

알짜배기 땅인 아인 왕국의 성 한복판의 건물과 맞바꾸려 하다니! 한시민이 손해는커녕 지나가다 발견한 모래를 가져다 금광이랑 바꿔 먹으려는 격이다.

"좋다."

"……!"

하지만 더 놀라운 건 칸이 그런 한시민의 제안을 승낙했다는 것이다.

"빌어먹을 놈. 믿고 바꿔주겠다."

"역시 스승님. 걱정하지 마시죠. 제가 책임지고 그 땅보다 10배 이상 비싸게 만들어 드리겠습니다."

거래를 성공적으로 마친 한시민이 손을 내밀었다. 알면서도 속아준 칸의 투박한 손이 그를 맞잡았다.

간 쓸개 빼다가 자식 키워봐야 커서 차 사달라 집 사달라 하는 게 자식이라는 걸 미혼인 칸이 절실하게 깨달았다.

7

성벽이 차곡차곡 쌓여간다.

밤낮으로 유저들이 퀘스트 보상과 돈을 벌기 위해 리치 영지로 몰려들고 몬스터들이 살던 자연 그대로의 장소들이 비면서 자재들이 무한으로 공급되기 시작하니 빨리빨리 올라갈 수밖에.

그런 모습을 경험치 매미 아르바이트를 하며 뿌듯하게 지켜보던 한시민에게 손님이 찾아왔다.

"어허! 이런 비천한 모험가 새끼가 어딜 손을 대!"

"아악!"

스페셜리스트와 사냥을 마치고 잠시 휴식을 위해 영지로 돌아오던 길에 마주한 장면.

성문 근처의 성벽을 쌓던 불쌍한 초보자 유저를 한눈에 봐도 귀족으로 보이는 NPC가 발로 걷어차고 있는 모습이었다.

"죄, 죄송합니다."

걷어차인 유저가 위험을 알리는 체력을 느끼며 바짝 바닥에 엎드렸다.

현대 사회를 살아가는 사람으로서 이런 불의에 닥쳤을 경우 발끈해야 정상이지만, 그랬다가 배불뚝이 주제에 무지막지한 스탯과 레벨을 자랑하는 귀족에게 또 한 번 발로 까여 로그아웃이라도 하게 되면 오늘 받을 일당을 받지 못하게 될뿐더러 무려 이틀을 집에서 놀아야 한다.

거지 같고 더럽지만 현실이나 게임이나 없는 사람의 설움!

주변 유저들이 안타깝게 바라봤지만 도움을 위해 나서는 이는 없었다. 어찌 보면 현실보다 더 혹독한 공간이니까.

현실이야 돈이 있든 없든 자기가 꿇리지 않으면 신분이 같기에 얼마든지 도와줄 수 있다.

대부분은 그렇지 않지만 그런 용기를 가진 사람이 많다. 하지만 여긴 쪼렙 수백 명이 용기를 내 달려들어도 신분이 높은 귀족의 한마디면 모두 날파리처럼 죽어 나가는 세상.

유저들이 혀를 차면서 애도해 주었다.

운이 더럽게도 없네.

"이런 벌레 같은 모험가 놈이. 잘못한 걸 알면서도 그랬단 말이지?"

"아닙니다. 제발 한 번만 용서해 주세요."

"흥, 모험가 놈들은 자존심도 높다더니 비천한 평민들과 다를 게 없군."

리치 영지는 유저들이 비약적으로 많은 영지다.

골드를 팔기 위해 수많은 유저가 방문하고 퀘스트를 하며 돈을 벌기 위한 초보자들부터 사냥을 위해 오는 고렙들까지. 다른 영지에서 기회를 찾기 위해 NPC도 많이 이주하지만 감히 유저의 비율을 누를 순 없다.

게다가 지금은 낮! 오가던 사람들이 하나둘 구경을 위해 모였다.

발로 엎드린 유저의 머리를 짓누르는 귀족의 어깨가 위풍당당해졌다. 전형적인 권력에 찌든 돼지!

사람들은 혀를 찼지만 귀족을 지키는 기사들의 위세에 다가가지 못했다.

"에이, 더러운 게임. 현실이랑 다를 게 없네."

"있는 놈이 더하다더니. 하긴 이 세상은 NPC들이 태어나는 수저대로 먹고사는 세상이니."

욕만 할 뿐.

들릴 텐데도 귀족은 개의치 않고 유저에게 소리쳤다.

"네 이놈! 어차피 죽어도 상관없다는 역행의 의지를 믿고 감히 귀족을 능멸한 죄! 평생 내 노예가 되는 것으로 벌을 대신하겠다!"

"……헉! 제발! 그것만은!"

무슨 뜻인지 이해하기 어려운 말이 아니다.

공짜로 부려먹겠다는 뜻!

게임을 접으면 풀려나겠지만 이렇게 막노동이나 하면서 골드를 벌어 팔 거나 게임을 시작하려는 유저에게 접는다는 건 결코 가벼운 의미가 아니다. 특히 캡슐값을 생각하면 더더욱.

기사 둘이 유저를 양옆에서 부축해 들어 올렸다. 귀족이 의기양양해하며 등을 돌려 영지를 벗어나고자 걸었다.

그런 그에게 어디선가 발차기가 날아왔다.

"빠샤!"

"……!"

퍽-

"크허어어엉!"

워낙 빨라 기사들조차 반응하지 못한 기습!

게다가 설마 누군가 공격하리란 상상조차 하지 못했다.

"크허허헉! 누구냐. 누가 감히 카란 남작인 나를……!"

숨이 잘 쉬어지지 않는 꼴로 비참하게 일어난 돼지가 눈앞의 남자를 보았다.

휘황찬란한 진홍빛 오라.

뭐라 씨부리든 표정의 변화조차 없는 한시민이 귀를 후비며 말했다.

“너 이 새끼야, 내가 누군 줄 알아? 이런 빌어먹을 남작 나부랭이 새끼가 어디 대자작님의 영지에서 지랄이야. 뒈져 볼래? 엉?”

Episode 22.
맞다 보면 생각날걸

1

카란 남작은 리치 영지와 가깝다면 가깝고 멀다면 먼, 애매한 위치에 자리한 영지의 영주다.

높진 않지만 대륙의 90% 이상을 차지하는 평민 위에 군림하는 귀족이고 중앙 귀족과 긴밀한 연이 닿아 있어 나름 입김도 뿜을 수 있는 수준의 그런 귀족. 남작인 주제에 자신만의 영지를 갖고 있는 이유기도 하다.

그러다 보니 오만과 근거 없는 자신감은 하늘을 찌를 수밖에 없었다. 비록 자신은 능력이 되지 않아 백으로 여기까지 왔지만 그의 뒤를 받쳐 주는 든든한 백은 그로 하여금 남작이지만 그 이상의 힘을 갖게 만들어주었으니까.

그런 그가 외람된 영지에서 그나마 가장 가까운 리치 영지로 가끔 와 조공을 받아가는 건 그리 이상한 일이 아니었다.

적어도 한시민이 오기 전까진 몬스터가 들이닥치면 도망가기 바쁘고 영지의 방어는커녕 입에 풀칠하기도 바쁜 게 영지민들의 삶이었기에.

기사도 필요 없다. 적당한 깡패 몇 데리고 가면 충분했다.

당연히 보좌관을 비롯해 영지민들이 사정을 좀 봐달라고 애원했었지만 들어줄 리 없었다.

몬스터들보다 더 악독한 놈들이 바로 귀족!

벼룩의 간까지 빼먹는 카란 남작에게 리치 영지는 소소한 재미를 누릴 장난감이었다.

그러다 어느 날부터 오지 않는 조공. 불편할 수밖에. 아니, 불편하다 못해 불쾌했다.

'이것들이 날 무시하나?'

그런 생각이 절로 드는 건 오만한 자들의 공통적인 패시브.

애초에 말도 안 되는 이유를 갖다 붙여가며 삥을 뜯어왔지만 그걸 불평하면서도 들어준 이상 그들에겐 이게 당연한 게 되는 것이고 일상이 되는 것이다.

호이가 계속되면 둘리가 된다는 패러디가 괜히 나왔겠는가.

호의를, 권리를 뛰어넘어 의무로 보기 시작한 카란 남작은 잔뜩 뿔이 나 몇 달이나 참다 무거운 몸을 이끌고 직접 행차에 나섰다.

'감히 내 말을 씹기까지 했다 이거지?'

몇 번이나 보낸 사신을 빈손으로 되돌려 보내고 발전 중이라는 소식을 듣고도 나서지 않는다면 쫄았다는 소리를 들을지도 모른다.

이번에 가서 혼쭐을 내주고 오리라.

그런 생각으로 왔다.

그렇게 리치 영지에 도착했고 한창 지어지는 성벽을 보며 놀람을 금치 못했다.

'어디 미스릴 광산이라도 발견했나?'

이게 몇 달 전 내가 보았던 그 영지가 맞는가!

아직 영지에 들어가지도 않았는데 넓고 높게, 그리고 굳건하게 세워지는 성벽을 보아하니 벌써부터 기가 죽는 기분이다.

당연히 기분이 나빠졌다.

따져 보면 그의 영지 성벽보다도 훨씬 넓은 것 같았다.

리치 영지 자체가 엄청난 범위의 몬스터들 서식지까지 포함하기에 당연한 결과일 수도 있지만 카란 남작에겐 전혀 당연한 일이 아니다.

'보좌관 이 자식, 약을 먹은 게 분명해. 정신을 좀 차리게 해줘야지.'

해서 일부러 시비를 붙였다. 리치 영지가 발전하고 모험가들이 영지 수익의 대부분을 맡고 있다는 사실을 알기에.

딱 봐도 힘없고 백도 없어 보이는 모험가!

"너 죽었다."

당장에라도 보좌관에게 끌고 가 허세를 부리고 싶었지만 이렇게 영지가 커진 데에는 모두 이유가 있을 터.

혹시라도 함정이 깔려 있다면 잔뜩 쌓인 비계로 살아 돌아가지 못할 수도 있다는 생각에 경고만 하기로 했다.

"널 우리 영지로 데리고 가 노예로 쓰겠다."

여기까지만 해도 자신만만했다.

설마 무슨 일이야 있겠어? 그래도 내가 남작인데! 중앙 귀족과 연이 닿아 있는!

그리고 발차기가 날아왔다.

"……너, 넌 누구냐!"

"너? 이 새끼가 아직 덜 맞았네. 분명 자작이라고 말했는데 말본새 보소?"

"우, 웃기네! 모험가 주제에 감히 귀족을 사칭하는 것이냐! 네놈이 정녕 죽고 싶은 것이구나!"

숨이 턱턱 막히지만 단순히 고통으로 인한 것만은 아니었다. 순간 아차 싶어 혈압이 올랐다.

물론 그는 아직 한시민에 대해서 알지 못하고 리치 영지에 새로운 영주가 부임했다는 사실만 들은 상태다.

대륙에 황제의 사위에 대한 이야기가 널리 퍼졌다고는 하지만 어디까지나 제국 수도, 그리고 중요한 행사에 참여할 만한 자들에 한한 이야기지 카란 남작처럼 촌구석에 처박혀 자기 잘난 맛에 떵떵거리며 사는 돼지가 언제 이런 소식을 접하겠나!

거기다 리치 영지라고 해봤자 알아듣지도 못한다. 그는 그저 근처에 망해가는 하나의 영지라고만 알고 있으니까.

"왜? 안 믿겨?"

"이놈이 또!"

그럼에도 불안한 이유는 저 당당한 태도다.

만에 하나의 상황. 대륙에선 그 작은 가능성 하나에도 목이 날아가기에 충분하고도 넘치는 이유니까.

카란 남작이 눈치를 보기 시작했다.

주변 사람들의 반응. 기대하는 눈빛.

'진짜인가?'

무엇이든 중요한 건 현재 상황이 그에게 그리 좋지는 않다는 점이다.

재빨리 기사들이 그를 호위했지만 여기서 저렇게 당당한 태도를 보이는 놈에게 검을 휘둘렀다간 문제가 정말 심각해질 수도 있다. 더군다나 진짜 자작이 맞으면…….

생각할 시간이 필요하다는 걸 직감했다.

"흥! 두고 보자!"

유치한 한마디를 남기고 뒤뚱거리며 달렸다.

뒤도 보지 않고 꽁무니 빼는 모습에 지켜보던 유저와 영지민들이 웃었다.

"푸하하하! 저 꼴 좀 봐라."

"역시 전형적인 분노조절장애 NPC인가."

"강자 앞에만 서면 분노가 저절로 조절되지."

"그런데 진짜 베타고 소름 돋는다. 무슨 이런 거까지 하나하나 설정해 두는 건 아니겠지?"

"에이, 설마."

유저들은 리치 영지 소속은 아니지만 지금만큼은 유대감을 느끼며 뿌듯해했다. 어쨌든 누구에게든 닥칠 수 있는 상황이었으니까. 동시에 운이 나쁘면 괜히 죽을 수도 있었는데 굳이 다른 귀족과 척을 지면서까지 한시민이 나선 것이지 않은가!

"시민 님 멋지다."

"솔직히 나라면 안 나섰을 텐데."

"그러게."

어찌 보면 고용인인 유저를 위해 다른 귀족과의 호감도를 포기하다니!

희생양이 될 뻔했던 유저가 조심스레 다가가 감사를 전했다.

"감사합니다."

"아, 아니에요. 하던 일 마저 하세요."

유저들이 고개를 끄덕이며 의욕을 불태웠다.

그래, 비록 여긴 게임이지만 회사나 다름없는 자가 저토록 자신들을 위해 준다면 얼마든지 열심히 일해줄 용의가 있지.

작업 속도가 조금 올랐다.

“영주님, 어떻게 할까요? 예전부터 저희 영지에 오가며 공물을 요구하던 자입니다.”

뿌듯한 광경에도 보좌관이 걱정스레 물었다. 분명 속은 시원하지만 그도 카란 남작에게 중앙 귀족의 연이 닿아 있다는 사실을 모르지 않는다. 아무리 한시민이 황제의 사위라 해도 이런 영지 간의 분쟁엔 누구도 끼어들 수 없는 게 불문율!

중앙 귀족이 직접 한시민에게 시비를 걸거나 최악의 경우 군대를 이끌고 온다면 어쩔 수 없이 당할 수밖에 없다. 그렇다고 황제를 움직이게 만들 수도 없고.

“어떻게 하긴요.”

초조한 보좌관과 달리 한시민은 여유로웠다. 이유는 간단했다.

“지금 저 새끼가 절 능멸하고 영지전을 신청했잖아요. 하면 되죠.”

“……예?”

언제요?

저도 모르게 물을 뻔했던 보좌관이 겨우 삼켰다.

이제 어느 정도 한시민에게 익숙해졌다. 그가 말하는 게 무슨 뜻이 담겨 있는지 금방 알 수 있었다.

"……."

가능할까?

지금까지 보여준 영주의 역량으로는 충분하지만 카란 남작의 영지만 친다고 해결되는 게 아니니까. 괜히 완성되어 가는 영지에 피해가 올 수도 있다.

"걱정 마세요. 당연히 영지 방어부터 하고 공격할 거니까."

"……네."

왜 이렇게 불안하지.

하지만 믿기로 했다. 이제까지 잘해온 영주가 저토록 신이 나서 자신만만해하지 않는가!

불안해하는 보좌관을 뒤로한 채 한시민이 걸음을 옮겼다.

한시민은 공부에 조금도 관심을 주지 않았지만 아주 기본적인 상식 정도는 알고 있다. 특히 돈에 관한 것이라면 더더욱!

'전쟁은 돈이 된다!'

일본이 다시 일어날 수 있었던 이유 역시 전쟁이라지 않는가.

제삼자가 되어 중간에서 무기를 팔아먹으면 가장 좋겠지만 당사자가 되었으니 다른 방법을 찾는 수밖에!

다행히 그는 그런 쪽으로는 머리가 비상하다.

"가서 다 뜯어먹어야지."

"……오빠, 우리 사냥은?"

"열심히 하고 있어."

"좀 도와줄까?"

"아니, 나 혼자 다 먹을 거야."

이런 재미라니!

별생각 없이 지나가다 깽판을 치는 귀족을 치고 봤는데 이렇게 상황이 이어지다니.

영주로서 땅을 늘릴 기회와 한탕 크게 해먹을 생각을 하니 미소가 절로 지어졌다.

"뒤졌다."

그래도 하나의 영지니까 먹을 게 많겠지?

가기 전에 준비해야 할 게 많다.

달라붙는 강예슬을 대충 떼어내며 빼액이를 불렀다.

"가자."

2

일본을 예로 들었지만 사실 판타스틱 월드에서 일본과 가장 근접한 사례를 찾으라면 역시 마탑이다.

어떠한 외세에도 굴복하지 않은 채 중립을 유지하며 제국과 왕국 간의 싸움이 나든 인간과 마족 간의 싸움이 나든 마법 아이템을 팔아먹으며 막대한 이익을 챙기는 세력이니까.

게다가 벌어들이는 금액 역시 현대 무기보다 더하면 더했지 결코 적지 않다. 화기가 없는 세상에서 수만, 수십만의 적을 무엇보다 효율적이고 빠르게 죽일 수 있는 방법은 마법만한 게 없기에.

그렇기에 대체로 영지를 방어할 땐 마법이 발동하는 마법진을 많이들 깔아두고 성벽 위에도 마법 아이템들을 설치해둔다. 물론 어디까지나 돈이 넘쳐 나는 영지들에 한한 이야기지만.

"에휴, 요즘 장사가 왜 이렇게 안 되는지 모르겠습니다."

"평화의 시대니까."

반대로 비싼 만큼 사야 할 이유가 없는 시기엔 파리가 날릴 수밖에 없는 위치가 또 마탑!

싸게라도 어떻게 팔아치우자면 그럴 수 있지만 또 마법사라는 자존심은 얼마나 강한지 마탑 내부 규정에 그런 식의 할인은 절대로 불가능하게 되어 있었다.

마법이란 일부 선택받은 인원만이 사용할 수 있는 능력. 제값에 받지 못한다면 그 가치가 떨어질 수밖에 없다는 그럴듯한 이유지만 결국 그들도 먹고살아야 하는 인간!

답답한 건 어쩔 수 없다. 영지전조차도 얻을 것보다 잃을 게 많은 시대에서 누가 마탑에서 돈을 주고 마법진을 산단 말인가.

벌써 몇 달째 파리만 날리고 있는 마탑의 마법사들이 푸념하는 건 자연스러웠다.

그런 마탑의 문을 한시민이 열고 들어왔다.

"아이고, 어서 오십시오!"

마법사들이 격하게 반겼다. 하나 버선발로 뛰어나오다 한시민의 차림새를 보고 이내 제자리로 돌아갔다. 전쟁 체제에 돌입했다 생각하고 오라를 끈 한시민의 모습은 영락없는 모험가였으니까.

고고한 마법사들의 눈엔 모험가들은 결국 전부 구매력 없는 거지들에 불과했다.

만약 거금을 들여 리치 영지 초기에 설치했던 마법진을 구매한 마탑에 왔다면 반응은 달랐겠지만 오늘은 조금 더 좋은 것들을 구매해야 했기에 멀리 온 한시민에겐 아쉬운 반응.

"마법진을 좀 보려고요."

"……마법진을요? 조금 비쌀 텐데요."

그러거나 말거나 전쟁이라는 단어에 달아오른 한시민은 다가가 친절히 물었다.

어차피 사람이란 간사하기 그지없다. 지금이야 이렇게 시큰둥한 반응을 보여도.

"어이쿠, 손이 미끄러졌네."

차르르-

"……헉!"

"소, 손님!"

이렇게 골드를 보여주면 태도가 바뀌게 마련이니까.

어느새 앉아 있던 마법사들이 일어서 허리를 굽히고 있는 모습에 준비된 의자에 앉은 한시민이 다리를 꼬았다.

"어디 한번 봅시다, 마법진들."

"와, 대단한 게 많네요."

"네, 영지 수호용으론 이런 마법진만 한 게 없죠."

마법사들은 혼신의 힘을 다해 설명했다.

하나만 팔아도 몇 달은 놀고먹어도 될 만큼 비싼 게 마법진이기에 수요도 적다.

딱 봐도 호구처럼 생긴 모험가에게 열심히 기름칠해 적당히 바가지 씌워 몇 개 팔아치운다면 지금껏 파리 날린다고 징징댔던 과거는 깔끔하게 잊고 얼마 정도 여유를 즐겨도 되리라.

원래라면 이렇게까지 혼신의 힘을 다해 설명하진 않지만 이미 그의 가죽 주머니에서 떨어져 나온 100골드짜리 동전 더미를 본 상태라 자연스럽게 모험가고 뭐고 태도가 공손해질 수밖에 없었다.

"흠, 그런데 조금 잔인한 거 같기도 한데."

"어머, 고객님. 인간적이기도 하셔라. 역시, 한 영지를 이끄시는 영주님다운 따뜻함이시네요. 그런데 걱정하지 않으셔도 되는 게 이 마법진이 워낙 고급스럽고 정교하게 만들어지다 보니 웬만한 위험이 아니고서야 발동을 하지 않습니다. 아! 물론 영주님께서 원하실 땐 언제든 가동이 가능하지만요. 어쨌든 이게 발동이 된다는 건 곧 영주님의 영지를 약탈하고 불태우고 죽이고 유린하는 적들이 몰려왔다는 뜻인데 그런 적에게 자비를 베풀 필요는 없지요."

"그런가요? 저도 사실 어떤 악독한 영주가 저희 영지를 갈기갈기 찢어놓는다고 해서 걱정이 돼 여기 온 거거든요."

"아아, 그럼 정말 잘 오신 거네요. 그런 악독한 놈들은 사실 산 채로 불타며 평생을 고통받아도 싼 놈들입니다. 인간적이신 영주님을 대신해 손에 피를 묻히지 않고 그들을 죽일 수 있는 마법진이니 영주님의 영지에도 딱 맞는 거 같고요."

"흠, 끌리긴 하네요."

"물론이죠. 이게 또 자금에 여유가 있으신 영주님들에겐 하나의 영지 프라이드가 되거든요. 예전엔 아니었지만 요즘 트렌드는 영지에 마법진이 깔려 있느냐 아니냐의 차이로 A급 영지냐 아니냐가 판가름 나니까요. 치안 문제도 그렇고 사람들이 살고 싶어 하는 마음이 증가하기도 하고요."

"오호."

기름칠한 신들린 설득에 넘어오는 모습!

마법사가 더 신나게 떠들었다.

"거기다 영지가 꽤 넓다고 하시니, 아! 젊은 나이에 자작이 되신 것도 대단하신데 그런 큰 영지까지. 어딘지 모르지만 저도 거기에 마탑 하나 짓고 살고 싶네요. 여하튼 넓은 영지라고 하시니 마법진을 이중, 삼중으로 깔아두시는 게 마음이 더 편하실 수도 있습니다."

"이거 하나로는 역시 안 되겠죠?"

"아뇨! 절대! 무조건 하나로 충분한데 제가 드리고 싶은 말씀은 이왕이면 100점짜리 답안지보단 200점, 300점을 대비하는 게 좋지 않을까 이겁니다. 시험이야 100점만 맞으면 그만이지만 적들은 딱 100점 가지고 해결하지 못하는 경우가 생기기도 하니까요."

"으음."

"여기, 이 마법진이 방금 설명드린 마법진과 궁합이 정말 좋은 마법진입니다. 이건 화려한 마법은 아니고 자동으로 망루의 화살에 마나를 깃들게 해주는 건데 한 대여섯 번 사용하시고 한 번씩 마나석을 통해 마나를 충전해 주시면 되시거든요."

"오오."

"둘의 시너지 효과는 아마 지형적 이점과 잘만 활용하면 왕국군 3만 정도는 거뜬히 막아낼 수 있다는 통계까지 있습니다."

"그래요?"

"물론이죠. 이 두 개를 마음에 들어 하시는 거 같으니 제가 특별히!"

눈을 반짝이며 가죽 주머니를 꺼내는 한시민을 보며 마법사가 슬쩍 주변을 살피더니 조심스럽게 귀에 속삭였다.

"아, 이건 진짜 안 되는데. 걸리면 저 정말 제명당할지도 모르거든요. 하지만 고객님을 위해 특별히 10% 할인해 드리겠습니다."

"정말요? 마탑에서?"

"쉿, 사실 제가 모험가이면서 귀족에 오르셨다는 말을 듣고 감동해서 특별히 해드리는 서비스입니다."

"헉!"

깜짝 놀란 한시민이 가죽 주머니를 여는 대신 품에서 패 하나를 꺼냈다.

"……?"

의아한 시선과 동시에 무엇인지 파악하려고 돌아가는 두뇌. 마법사들의 똑똑한 머리는 그게 뭔지 쉽게 파악했다.

"……헉! 황제 폐하의 패!"

"그게 왜 여기에!"

한시민이 연기를 그만두고 웃으며 패를 흔들었다.

"아아, 이게 왜 여기 있냐면 제가 폐하의 사위거든요."

"……!"

"……!"

전세가 순식간에 역전됐다. 제아무리 중립을 지키는 마법사라 한들 웬만한 대마도사급이 아니고서야 신분에서 자유로울 수는 없다.

그나마 남작이나 자작급까지야 대충 부사관과 초임 장교처럼 적당한 선을 유지하며 지낸다지만 황제의 사위라면 말은 달라지지.

마법사들이 굳었다.

여기선 뭐 어떻게 대처해야 하나.

믿고 싶지 않은 현실이지만 황제의 패는 미치지 않고서야 위조할 리가 없다.

"에이, 왜들 그렇게 긴장하세요. 긴장들 푸세요. 누가 보면 잡아먹으려고 온 줄 알겠네."

"하, 하하하."

풀어주는 분위기에 마법사 둘이 서로를 바라보며 웃었다.

'어떻게 해?'

'몰라.'

이들이 이런 반응을 보일 만큼 사실 황제의 패는 NPC들에게 엄청난 효과를 가진다.

대부분 유저와 뒹굴며 사는 한시민도 몇 번 NPC들에게 효과를 봤기에 사용 가능한 방법.

물론 이게 절대적인 복종까지 강요하진 않지만 호구 취급하던 마법사들의 돌변한 태도만으로도 충분했다.

"아, 할 말이 있었는데 잠시 이야기 듣느라 깜빡했네요."

"네네, 말씀하시지요."

"그 사실 제가 영지에 성을 짓고 마법진을 설치하는 이유가 공주님 때문이거든요."

"……?"

"공주님이 성년식을 하고 이제 남편인 저와 생활하려면 번듯한 성도 하나 있어야 하고 또 외세로부터 지켜줄 마법진도 필요하고."

"그, 그러시군요."

"네, 그래서 왔던 건데……."

말끝을 흐리는 한시민의 미간이 찌푸려졌다.

마법사들이 절로 침을 삼켰다. 그저 돈 많은 호구에서 어느새 분위기가 완전히 뒤바뀌었다.

"뭐랄까, 잔뜩 바가지 씌우려는 느낌과 아무것도 모르는 호구한테 이것저것 끼워 팔려는 수작 같은 느낌이랄까요?”

“설마 그럴 리가 있겠습니까!”

마법사들이 펄쩍 뛰었다.

황제의 사위고 뭐고 다 떠나서 이런 말이 상부로 올라가면 그들은 바로 징계다.

이중성이 돋보이는 마탑에선 실적은 내면서도 마법사 본분을 잊지 않아 자존심을 항상 고고히 지켜야 하니까.

정당하다 항변할 수 있지만 상대방이 황제의 사위라면 그 말의 무게가 어느 쪽이 더 무거울지는 굳이 비교하지 않아도 쉽게 알 수 있다.

똑똑한 이들은 사악하게 웃는 한시민이 원하는 게 무엇인지 쉽게 파악했다.

“더 까, 깎아드리겠습니다.”

“분명 저번에 폐하와 마탑주님 대화에선 마탑주님이 공주님의 성년식에 성대한 선물을 하겠다고 들었는데. 이런 식으로 공주님을 위한 마법진에 돈을 받는 건가요?”

“…….”

양아치도 이 정도면 거의 도둑놈이다.

황제의 권력을 이용해 말단 마법사들을 압박하다니!

한참을 실랑이 끝에 가격을 거의 반값으로 깎은 한시민이 마탑을 나섰다.

3

“이러다 패 뺏기는 건 아닌지 몰라.”

영지에 도착한 시민이 마법진을 설치하는 걸 보며 중얼거렸다.

황제의 사위임을 증명하는 패랍시고 받았지만 이렇게 거의 반 강압적으로 사용하다 보면 결국 황제의 위신을 깎아먹는 결과로 이어지게 될 테고 황제가 가만히 있진 않을 테니까.

패를 뺏는 것만으로 그친다면 다행일 수도 있다.

하나 그렇다고 그만둘 생각은 없었다.

“그냥 샀으면, 어휴.”

다 있을 때 써먹어야지 아껴봐야 똥 된다는 걸 누구보다 잘 알고 있으니까.

게다가 이번에 써먹은 억지는 제법 이득이 되는 억지였다.

바가지니 뭐니 해도 결국 마탑에서 만든 마법진만큼 효과가 좋은 영지 방어 도구는 없으니까.

마음 놓고 다른 곳에 가도 된다.

그 말인즉 한시민이라는 살인 병기가 영지를 지키지 않고 역공을 날리러 출발해도 된다는 뜻!

“성벽도 곧 완성될 테고.”

얼마나 든든한가. 드높은 성벽과 거기에 깔려 있는 마법진들!

성벽 안에서 날아오는 화살들은 단순한 쇳덩어리가 아니다.

“후후!”

거기다 더해지는 강화.

사실 진짜 사기는 이제부터다.

“기반이 마련되었으니 슬슬 시작해 볼까.”

그동안 영지를 짓는 수많은 사람을 보며 많이 놀았다.

어차피 그는 영주고 직접 움직일 필요도 없으며 그 시간에 스페셜리스트나 졸졸 따라다니며 돈을 버는 게 훨씬 효율적이며 남는 장사였으니까.

하지만 이제부터는 아니다. 온전히 그의 몫이다. 그만이 할 수 있고 가능하다.

“후우.”

마탑에서 내고 남은 돈 전부로 사 온 강화석들을 쭉 풀었다.

시야에 들어오는 완성된 성벽!

한시민이 망치를 들었다.

영지전을 준비한다는 소문은 쉽게 카란 남작의 귀에 들어갔다.

들어가지 않을 수가 없다. 거리가 좀 있지만 넓게 보면 리치 영지와 카란 영지는 근접한 이웃이니까.

게다가 그런 수모를 당하고 돌아와 알아본 결과 그가 건드린 영지가 누구의 것인지도 알게 되었고.

안절부절못한 발걸음으로 두 다리조차 제대로 뻗지 못한 채 잠을 설친 게 사흘!

결국 그는 고민 끝에 결정을 내렸다.

"영지전을 신청한다."

"예?"

카란 남작의 깜짝 선물에 집사가 놀랐다. 그럴 수밖에 없다. 미치지 않고서야 누가 감히 황제의 사위에게 영지전을 신청하겠는가.

전쟁의 시대가 끝나고 어느 한쪽이 멸망하거나 모든 걸 내려놓고 항복해야만 끝나는 영지전은 웬만한 갈등이 아니고서야 잘 일어나지 않는다.

"이대로 있다간 황제 폐하한테 우린 끝이라고."

"……."

하나 카란 남작의 말도 일리가 있었다. 중앙 귀족과 연이 있지만 그것도 어디까지나 조용히 살 때의 이야기지 황제에게 찍히는 일이라면 가차 없이 내쳐질 테니까.

차라리 누구의 간섭도 없이 해결할 수 있는 영지전이 가능성 높은 해결책이 될지도 모른다.

물론 이겼을 때의 이야기겠지만 카란 남작에게 그런 걸 신경 쓸 겨를 따윈 없었다.

해서 일사천리로 영지전이 준비되었고 선포와 동시에 진격했다.

대군!

평소 영지민들을 착취하며 모아놨던 재산까지 써가며 고용한 용병들까지 합세한 군대는 꽤나 위협적으로 보였다.

그런 기세를 등에 업은 카란 남작의 어깨도 조금 살았다.

"흥, 그래 봐야 지도 황제 폐하의 백 믿고 나대는 놈이잖아. 영지만 쓸데없이 크게 늘리는 걸 보니 군사력 따위야 보지 않아도 뻔하지."

리치 영지까지 무난하게 진격한 카란 군대의 앞에 높은 성벽이 나타났다.

"오는 길에 함정을 깔아놔도 며칠은 벌었을 텐데. 역시 무지하기 그지없는 모험가 놈이군. 운이 좋아 황제 폐하의 눈에 들어 사위가 되고 세상 무서운 줄 모르고 날뛰는 꼴이라니. 하하하!"

"……저, 영주님."

"뭐야?"

잔뜩 기세가 살아 있는 영주에게 보좌관이 조심스럽게 다가왔다.

"성벽이 조금 이상합니다."

"이상하긴 개뿔. 지가 이상해 봐야 얼마나……."

시선을 돌린 남작의 말의 끝이 흐려졌다. 그 역시 느낀 것이다. 뭔가 이상하다는 걸.

"엥?"

영지전을 준비하는 사이에 완성된 성벽은 내부를 꽁꽁 감추고 있다. 그건 다른 영지들과 다르지 않다. 어차피 두드리고 부수면 열릴 울타리이긴 하다. 하지만 눈에 보이는 성벽은 아닐 것 같다.

"……."

두드려도 흠집이 나기는커녕 저기 가까이 다가가고 싶지도 않은 오라가 마구 풍긴다.

"……성벽에서 오라가 나옵니다, 남작님."

"……."

그냥 일정 부분에서 그러면 이렇게까지 쫄진 않았을 것이다.

성벽 전부에서 진홍빛 오라가 일렁이는데 누가 감히 그 앞에서 태연할 수 있단 말인가!

심상치 않은 성벽이라는 건 대군이 몰려왔음에도 30분, 1시간이 지나도 반응조차 없는 리치 영지에서 증명했다.

"진격한다!"

한참을 망설이다 내린 결론!

"……와아아."

떨떠름한 표정으로 달려 나가는 군대의 이동속도가 점점 줄기 시작했다.

4

문제가 조금 있었다.

강화야 평범한 돌덩이니까 어렵지 않지만 12강을 넘어서면 노말 등급의 돌덩이라도 평범의 범주를 벗어난다는 것.

미처 생각하지 못했던 부분이고 또 이렇게까지 강화할 생각도 없었다.

"그래도 이왕 하는 거……."

열심히 강화한 마법진을 설치하는 마법사들을 보며 느낀 바. 이왕 짓는 거 조금만 더 고생해서 확실하게 지어두면 나중에 무슨 일이 있더라도 마음 편하게 영지는 안전하겠거니 안심할 수 있지 않을까.

그런 생각이 들자 욕심이 생겼다. 애초에 성벽을 쌓을 땐 없던 두둑한 지갑도 한몫했고.

해서 성벽도 강화하기로 했다.

"어떻게 15강까지 하지."

그렇게 시작된 고민이었다.

강화하는 거야 문제 되지 않는다. 준비물이 돈뿐이니까.

다만 이미 지어지기 시작해 거의 완성된 성벽을 어찌 옮겨가며 강화한단 말인가.

15강 성벽을 위해 다 허물고 시작부터 다시 짓는다?

곧 있으면 있을 전쟁에 다시 전부 무너지고 영지도 쑥대밭이 될 것이다.

제아무리 한시민이라도 전쟁이라는 단어 앞에선 한없이 작아지는 일개 개인일 테니까.

하나 고민은 의외로 쉽게 해결됐다.

"코팅하면 되겠지 뭐."

지어진 성벽 겉에 15강 한 염료를 바른다.

현실로 따지자면 시멘트와 비슷한 역할!

판타스틱 월드에서만 사용하는 것으로 구해다가 바르면 원래의 것보다 강도가 단단해지고 내구도가 늘어나며 쉽게 부식되지 않는다는 흡수형 진액!

역시 가격이 조금 나가고 영지를 둘러싼 성벽 전체에 바르려면 양도 엄청나게 필요하겠지만 지금 상황에선 이보다 좋은 대체재가 없기에 망설임 없이 구매했다.

그런 뒤 곧장 강화했고 사람들을 불러 꼼꼼히 바르게 했다.

그 결과가 웅장한 진홍빛 성벽의 탄생이었다.

15강 성벽! 이름만 들어도 섬뜩하지 않은가!

세상에 할 일이 얼마나 없으면 발에 채인 돌덩이를 가져다가 강화하느냐며 선대 강화사가 뒷목을 잡고 욕을 해도 이상하지 않을 기이한 발상!

한시민은 해냈고 다가오는 바글바글한 카란 영지의 군대를 보며 혀를 찼다.

"무식한 새끼. 떡밥 몇 개 던졌다고 아주 그냥 날름 받아 처먹네."

초조하긴 했을 것이다.

황제의 사위.

이 타이틀을 벗어던지더라도 모험가 최초의 자작이라는 직위는 벌써 십 년 넘게 남작에 머물러 있는 카란에겐 부담일 테니까.

제아무리 중앙 귀족에 연이 있다고 한들 신분의 격차를 무시한 하극상은 처벌 대상이기도 하고.

"뭐, 뭐야. 왜 느려져."

"몸이 무거워."

"윽, 온몸이 쑤셔. 갑자기."

섣부른 선택에 대한 책임은 본인이 져야 한다.

나름 쌓아둔 재산을 털어 많은 용병을 데리고 왔지만 이미 몇 달 전부터, 이걸 위해 준비한 건 아니지만, 외세로부터의 침략에 대비해 온 리치 영지에 어찌 발을 들여놓을 수 있단 말인가!

거기다 한시민의 변덕이 부른 수억 원 상당의 업그레이드된 성벽은 군대가 영지 내부로 한 발자국 디디기 전에 사기를 꺾어버리기 충분했다.

"후후, 불쌍한 놈들. 성벽 자체 방어력은 둘째 치고 오라로 적용되는 디버프 종류만 너희 머릿수보다 많을 거다."

허풍 좀 섞어가며 통쾌함을 표출했다.

당연히 이건 방송을 켜고 부수입을 창출하는 중이었다.

이제는 하나의 콘셉트 방송이 되어버려 가격을 기본 10만 원에 설정해 놓아도 웬만한 방송보다 시청자 수가 많이 나오니 성공이라면 성공인 셈!

부담은 없지만 양심은 있는 터라 10만 원의 즐거움을 줄 만한 콘텐츠에 한해 방송을 켜기로 기준을 삼았다. 오늘은 그 기준을 충족시키는 날이고.

"판타스틱 월드 최초로 영지를 가진 영주가 NPC와 영지전을 하는 날인데 10만 원 정도야."

그저 흥미를 위해 온 시청자도 많겠지만 나중을 위해 미리 어떤 식으로 영지전이 진행되는지 확인하러 오는 길드 관계자도 많을 것이다.

다들 지금이야 레벨 하나를 올리기 위해 하루 열 시간이 넘게 사냥에만 몰두하지만 언젠가는 꿈에도 그리던 귀족이 되어 편하게 세금 받아먹으며 게임을 즐기고 모험을 떠나고 싶은 야망을 가지고 있을 테니까.

해서 열심히 보여주기로 했다.

그가 생각하는 영지전. 가장 빠르고 단순하고 쉽게 끝낼 방법을.

"가자."

"뀨뀨!"

허우적거리는 군대. 그리고 정작 그를 이끌어야 할 카란 남작 본인이 가장 당황스러워하는 모습을 보며 한시민이 빼액이의 등에 올라탔다.

더 볼 것도 없다. 그와 함께 서른의 토끼가 옹기종기 빼액이에게 달라붙었다.

최대 탑승 가능 수!

"빼애액!"

빼액이가 날아올랐다. 그리고 자연스럽게 성문 앞을 지나쳐 그들이 밟고 온 길을 역으로 따라가기 시작했다.

그 길의 끝엔, 카란 남작의 영지가 있었다.

빈집을 치는 건 아주 기본 중의 기본적인 계책이자 가장 조심해야 할 상대방의 전략이다. 자리를 비웠을 때의 본거지는 그야말로 평소보다 10배 이상 허술하고 나약한, 그저 발로 걷어차 부수기 편한 폐허가 다름없으니까.

그렇기에 성대한 곳일수록, 단단한 곳일수록 원정을 나가더라도 그 무엇보다 중요하고 그들의 근간인 본거지에 대한 대비만큼은 튼튼히 해두고 간다.

혹여 적군 전부가 자신의 모두를 포기하고 달려들지언정 막을 수 있도록! 시간이라도 버틸 수 있게!

하나 카란 남작은 그 정도로 빈집에 대한 대비를 하지 않고 떠났다. 별생각이 없었기 때문이다.

그는 자신들의 공격이 기습이라 생각했고 리치 영지를 그저 황제의 은총을 받는 애송이의 겉만 번지르르한 장난감이라고 판단했으며 동시에 자신이 모은 군대에 대한 압도적인 자신감이 있었다.

무엇보다 최악의 상황에 영지를 바꿔치기하는 상황이 온다 한들 자신이 더 유리하다는 판단도 했고. 적어도 카란 남작의 영지는 리치 영지만큼의 지리적 이점이 없으니까.

주변의 위험한 몬스터들 역시 알아서 전부 정리했다고 하고 거기에 드높은 성벽까지 쌓으니 그야말로 천연의 요새가 아닌가.

앞으로 입소문을 타고 장사꾼들이 계속해서 몰려들 테고

자연스럽게 몬스터를 피해 카란 영지로 가던 이들까지 리치 영지로 갈지도 모른다.

해서 오히려 바랐던 바가 컸다. 쫄아서 빈집에 가길. 그럼 내가 편하게 리치 영지를 먹고 팔자를 고쳐 보리라!

카란 남작의 예측과 소망은 반만 맞았다.

"영주님! 저 위에……."

거대하고 통통한 매를 타고 어디론가 가는 무언가!

그것이 리치 영지의 영주라는 걸 얼마 전 수집한 정보를 통해 알고 있었다.

어째서 적군을 앞에 두고 비행 물체를 타고 그의 영지로 향하는지에 대해선 의심할 바가 없고 남은 건 성벽을 넘어 영지를 점령하는 것!

"……."

거기서 막혔다. 온몸을 짓누르는 압박과 혼란. 스탯의 저하와 지속 대미지까지 들어오는 저주의 성역에서 군대는 제대로 힘을 쓰지 못했으니까.

그래도 직접적인 살상 능력은 없었던 터라 무사히 성벽 앞까지 도달했다.

기본적인 상식이 있는 자라면 성벽에 둘러진 돌덩이보단 나무로 만들어진 성문을 두드리는 게 훨씬 효율적이라는 걸 안다. 물론 리치 영지의 성문은 더 단단해 보이는 강철로 만

들어졌지만.

"모, 모두 공격!"

어쨌든 명령을 내렸다.

여기까지 와서 도망을 치는 건 진심으로 말이 되지 않는다. 그는 얼간이고 백만 믿는 무식한 돼지지만 직접 전쟁을 준비하며 그저 수많은 군대를 움직이는 것만으로 소요되는 돈이 얼마인지 정도는 계산할 줄 아는 돼지다.

그뿐이랴.

이대로 돌아가서 얻는 온갖 수모와 치욕은?

원하는 대로 영지전을 선포했지만 끝낼 때는 혼자서 끝낼 수 없다. 양측의 합의하에 끝내든가 한쪽이 합의조차 하지 못할 정도로 박살이 나거나.

"쳐! 쳐라!"

합의 같은 걸 할 바엔 애초에 영지전을 선포하지도 않았다.

벌써부터 높은 벽에 막힌 느낌이 들었지만 승리에 대한 욕심과 자기 자신을 믿는 오만이 그의 판단을 둔하게 만들었다.

"뭐 해! 치지 않고! 모두 죽고 싶은 거냐!"

돈을 받은 용병들이 자신들의 무기를 휘둘렀다.

영지에 속한 병사들도 마지못해 공격했다. 이미 고작 백 걸음도 되지 않는 거리 만에 자신감이 바닥을 치는 이들의 공격이 한시민이 강화해 놓은 성벽을 때렸다.

팅-

팅팅팅-

그래도 나름 있는 힘껏 휘두른 공격이 허무한 소리와 함께 튕겨 나왔다.

거기서 끝났으면 다행이겠지만 튕겨 나온 무기들은 하나같이 이가 나가 있었다.

"……뭐야."

"이 무식한 성벽은 뭐지?"

"아니, 솔직히 공성전 하는데 병사한테 성벽을 부수라는 게 말이 돼?"

순식간에 불만이 터져 나왔다.

한두 개가 아니라 금방 카란 남작의 귀에 들어갔다.

그의 얼굴이 달아올랐다.

"영주님, 투석기를……."

"그, 그래! 투석기. 투석기를 사용해라!"

"예! 영주님!"

영지전이 처음인 카란의 말에 병사들이 일제히 뒤로 빠졌다. 그러면서 표정에 쓰인 황당함과 어이없음은 얼마나 이 전쟁이 의미 없고 볼품없는지를 설명해 주고 있었다.

"적이 그냥 성벽 위에서 뜨거운 물만 뿌렸어도 우린 다 죽었겠다."

"뭐 지휘가 이러냐. 용병 생활 20년 만에 이런 명령은 처음 듣는다."

"예전에 열일곱짜리 영주의 밑에 있던 적이 있는데 그 영주가 저 영주보다 100배는 낫겠네."

같은 편으로부터 날아오는 모욕과 질타!

동시에 준비되는 투석기.

카란 남작이 애써 무시하며 기다렸다.

그래도 여기만 넘으면.

그가 왔었을 때 영지 내부는 정말 볼품없고 아직 개발도 다 되지 않은 황무지였다.

어떻게든 외부만 뚫어내면 가능성이 있다.

그렇게 생각하는 그에게 리치 영지가 보답해 주었다.

푸슈슉-

콰콰쾅!

날아오는 다섯 개의 화살과 뒤이어 폭발하는 다섯 대의 투석기로.

카란 남작의 영지 입구에서 내린 한시민이 서른의 토끼와 함께 유유자적 내부로 들어갔다.

성문은 활짝 열려 있었고 지키는 경비병들 역시 그냥 그런 모험가인가 보다 하고 쉽게 통과시켜 주었다.

“어휴, 이렇게 평화로운 영지에 영주 하나 잘못 들어와서. 쯧쯧.”

영지전 중이라는 걸 알기 때문인지 영지민들의 표정에 불안함은 있었지만 당장 아무 일도 벌어지지 않는다는 것에 안심했는지 일상을 지키고 있는 상황. 게임이나 현실이나 다르지 않다는 걸 보여주는 장면이었다.

혀를 차며 유유자적 영지 중앙에 위치한 넓고 거대한 영주성으로 향한다.

“크, 많이도 뜯어먹었나 보네.”

화려하기로는 황궁 못지않다. 영지 내부가 대체적으로 시골이라면 영주성은 그야말로 미국의 L.A급이랄까.

극심한 빈부 격차가 굳이 예상하지 않아도 눈에 보인다.

“이런 빌어먹을 자식이.”

한시민이 분노에 몸을 떨었다.

돼지 같은 게 하는 짓이 꼭 양아치 같더라니 평소에도 이렇게 살았어?

“나도 이렇게 못 살고 있는데…….”

부들부들.

고작 남작 주제에 이런 사치라니! 용서할 수 없다.

"여길 내 영지로 만들어서 영지민들을 살기 좋게 만들고 돼지 새끼가 뜯던 것에 반만 가져가야겠다."

누이 좋고 매부 좋은 작전이 아닌가!

결심한 한시민이 망치를 빼 들었다.

영주성으로 다가가자 같이 해 처먹었는지 얼굴에 윤기가 반반한 기사들이 눈에 들어왔다.

여긴 그래도 나름 전시라고 기사들이 성문을 지키고 있는 꼴이라니.

"누구냐!"

"누구긴, 새끼야. 주인님이 오셨으면 알아서 문을 열어야지."

"뭐?"

긴말은 필요 없다. 한시민은 강자에겐 세 치 혀를 적극적으로 활용하지만 약자 앞에선 과묵하게 주먹으로 이야기하는 사내니까!

5

카란 남작의 군대는 초라하기 그지없었다.

성벽을 뚫기는커녕 투석기를 사용해 보기도 전에 파괴당하고 멍하니 굳건한 성벽을 지켜볼 수밖에 없었으니까.

공성전에서 공격할 수단이 사라져 버렸는데 할 수 있는 게 뭐가 있을까.

이가 없으면 잇몸으로라도 씹으라고, 준비해 온 사다리라도 올려 성벽을 넘는 게 맞지만 이미 성벽 근처 백 보 이내로 다가가면 시작되는 온갖 저주에 사기는 떨어질 대로 떨어진 상태였다.

당장 카란 남작도 거기에 다시 들어가기 싫은데 병사들은 오죽하랴.

결정을 내려야 할 때가 왔다.

"자, 잠시 퇴각한다! 날이 어두워져 적의 기습이 염려되니 영지로 후퇴해 훗날을 기약한다!"

"……."

그의 합리화에 환호하는 이는 아무도 없었다.

밤이기 때문이 아니다. 이미 신뢰를 잃었기 때문이다.

세상에 아무리 영지 간의 작은 전쟁이라 할지언정 하나의 전쟁이다. 그런 전쟁에서 쉬지 않고 무려 한나절을 걸어야 나오는 영지로 돌아가서 쉬겠다니? 이게 말이나 되는 생각인가.

그냥 겁먹고 도망치겠다는 말로밖에 들리지 않는다.

"어휴."

"그래도 살았네."

"그러게. 젠장, 다시는 이 영지 용병으로 오나 봐라."

어쨌든 용병들은 성벽에 흠집조차 내지 못한 전쟁에 참여했다는 것만으로도 부끄러운지, 그리고 목숨을 부지해 다행이라 생각했는지 별말 없이 걸음을 돌렸다.

돌아가서 위약금이고 뭐고 지불하고 얼른 여기서 빠지리라.

어째서 적이 이렇게 자신들의 본거지 앞에서 얼쩡거리는 카란 군대를 공격하지 않는지 의문이지만, 조금이라도 공격 의지가 있어 성벽에 가까이 다가갔을 때 공격했다면 목숨은 지금쯤 저승을 향하고 있었을 테니까.

끼이익-

대부분의 생각이 일치했기 때문일까.

싸우기도 전에 패배하고 짐을 싸 등을 돌린 카란 남작의 군대 뒤로 굳건히 닫혀 있던 성문이 열렸다.

"……?"

"……?"

침묵이 흐르고 있던 군대의 시선이 뒤를 향했다.

뭐지? 느닷없이?

당연히 그들은 별생각 없었다.

그저 쉐도우 복싱하다 지쳐 쓰러졌기에 상대방이 어째서 공격하지 않는지에 대한 의문은 그냥 마음 한구석에 품고만 있었을 뿐이다.

그런 마음은 방심을 불렀고 기세가 완전히 바닥나 돌아가는 이들을 향해 유저들이 튀어나왔다.

"와아아!"

"경험치다! 돈이다!"

"한 명 잡을 때마다 1실버다! 난 100명 잡고 3일 동안 치킨 먹을 거다!"

레벨로만 따지면 리치 영지에서 튀어나온 유저들이 부족하다.

장비 또한 기본 장비만 지급된 병사들보다 좋은 유저도 많지만 대부분은 알바를 뛰러 온 저레벨이기에 약할지도 모른다.

그뿐이랴. 숫자 또한 영지 NPC들을 제외하고 순수 유저들만 나섰지만 모든 면에서 힘들다.

하나 단 한 가지.

기세! 죽어도 상관없다는 마음가짐!

돈을 향한 의지만큼은 이미 모든 걸 잃고 도망치려는 카란 영지의 군대에게 공포를 심어주었다.

물론 낮이었으면 힘들었을지도 모른다.

하나 지금은 밤! 달조차 뜨지 않은 어둠 속에서 마음속으론 패배를 인정하고 후퇴하는 이들에게 미친 듯 달려오는 적에 대한 냉정한 판단과 전력 비교가 가능할까? 당장 카란조차 갑작스러운 함성에 당황해 뒤도 보지 않고 뛰고 있는데?

"도, 도망치자!"

"도망쳐. 도망쳐야 해!"

게다가 미친놈처럼 소리를 지르며 다가오는 놈들에게 물리고 싶은 사람은 없다.

특히 용병은 누구보다 사리 분별이 빠르고 전장에서 목숨을 부지하기 위한 노력을 열심히 한다.

가장 먼저 카란이 도망치고 용병들이 그 뒤를 따랐다. 자연스럽게 병사들이 뒤로 처졌고 가져온 군수 물자들이 버려졌다.

"도망친다! 잡아라!"

"내 돈이 도망친다!"

보통이라면 쫓지 않는 게 상책이다. 도망치는 자를 쫓는 건 상상 이상으로 피로한 일이니까.

하지만 돈을 위한 유저들은 그런 상성 따위는 무시했다.

무조건 쫓았다. 한 푼이라도 더 벌어야 게임을 진행하는 데 필요한 장비를 맞춘다. 아니, 저 병사를 잡아 입고 있는 갑옷과 무기를 뺏으면 더 좋다.

그렇게 어두운 밤의 추격전이 시작됐다.

바퀴벌레 같은 생존력으로 비계를 2kg은 뺀 느낌으로 뛰어 살아 돌아온 카란 남작이 숨을 들이쉬었다.

"후욱. 후욱."

죽을 것 같다.

숨이 차오르고 평생 뛰지 않다 뛰니 머리도 어지럽다.

하나 그런 고통을 느낄 수 있는 것 자체만으로 행복하다는 게 무슨 뜻인지 알 것만 같았다.

"어서 가서 항복해야……."

원래 사람은 죽을 때가 돼야 바뀐다는 말이 있다.

카란도 마찬가지였다. 광기 어린 웃음소리를 내며 영지까지 쫓아올 기세로 달리던 리치 영지의 유저들! 한나절 거리를 6시간으로 줄이고 주마등을 서른여섯 번이나 보며 많은 걸 느꼈다.

동시에 많이 후회했다.

조금만 더 착하게 살걸. 내 싹수가 조금만 남아 있었더라도 리치 영지까지 굳이 행차해서 횡포를 부릴 생각까지는 하지 않았을 텐데. 어째서 이런 빡대가리로 영지전을 하겠다는 생각을 한 걸까.

오만이 사라지자 현실을 잘 파악하는 뚱뚱한 돼지만 남았다. 그는 어떠한 희생을 감수하더라도 항복하겠노라 다짐했다. 그게 비록 목숨을 잃을 뻔한 당장의 선택일지언정.

죽어 나간 병사들이나 용병들은 어떻게 됐는지 확인도 하지 않은 채 영주성으로 달렸다. 영지민들이 하나둘 모여들며 통곡의 소리가 울려 퍼졌지만 지금 당장 휴식을 취하며 쓰러질 것만 같은 몸을 추스르고 싶었다.

"……이게 뭐야."

하지만 영주성에 도착하고 입구에서부터 영지를, 아니, 그의 개인 재산을 지키라고 두고 간 기사 소수와 병사들이 쓰러져 있는 모습을 보며 찬물을 확 끼얹은 듯 정신이 번쩍 들었다.

그제야 기억이 돌아왔다. 잊고 있던 아주 사소한 기억.

'리치 영지의 영주가 무언가를 타고 우리 영지로 갔었지……!'

왜 그걸 잊고 있었을까.

그때 당시엔 중요하지 않다 여겼고 당장 눈앞의 성을 공략하는 데 정신이 팔렸으니 당연할 수도 있다.

"……."

발걸음이 슬금슬금 뒤로 물러났다. 아니라고, 안은 괜찮을 거라고, 왔다가 별거 없으니 그냥 돌아갔을 거라고 믿고 들어가 쓰러질 것 같은 몸을 침대에 뉘이고 싶은 욕망이 마구 들었지만 그나마 조금 남아 있는 이성은 어서 도망치라 외쳤다.

세상은 공포 영화가 아니다.

꼭 불길한 암시가 놓인 단서를 보고 어두운 방 안으로 들어가는 얼간이가 아닌 카란 남작은 저도 모르게 성안으로 향하는 발걸음을 붙잡고 등을 돌렸다.

'도망쳐야 해.'

인지했으면 그 기회를 놓치면 안 된다.

항복하겠노라 다짐했지만 그건 어디까지나 그의 속마음.

아직 의지를 전달하지도 않았다.

당연히 붙잡으면 죽이겠지. 그도 아니면 영지전의 보상을 얻기 위해 그를 고문하거나.

그걸 피하기 위해 다시 뛰기 시작했다. 온몸이 무거워 비록 속도는 나지 않지만.

그래도 뿌듯했다. 저 안에 들어가기 전에 눈치채서 다행이었다.

"어딜 가시나?"

"……."

그게 그만의 바람이었다는 건 얼마 가지 않아 밝혀졌다.

6

"어이, 오랜만이야?"

"아, 안녕하십니까. 자작님."

"웬 존댓말? 우리 하던 대로 하자고. 중앙 귀족하고 연이 있으신 위대한 카란 남작님."

"……죄송합니다, 죄송합니다! 한 번만 용서해 주십시오!"

바짝 엎드려 비는 카란을 보며 한시민이 고개를 저었다.

"으응, 아니지. 그게 아니야."

"……?"

"그러면 재미가 없잖아. 기껏 영지전까지 신청해서 기세 좋게 달려들더니 뭐야."

"제가 몰라 뵙고 까불었습니다. 죄송합니다."

"에이, 내가 폐하의 사위인 거 알고 영지전 신청한 거 다 아는데?"

"아닙니다, 절대!"

"아니긴. 띠용? 이거 완전 폐하에 대한 반역 아니냐?"

"헉!"

카란이 발작을 일으켰다. 단순히 영지전 자체는 문제가 될 게 없다. 반역은커녕 영지전이라는 전통 자체는 황제의 할아버지한테 도전해도 인정해 주는 문화니까.

하지만 거기서 승자와 패자로 나뉘면 말은 조금 달라진다.

모든 건 승자의 뜻대로. 그야말로 사활을 건 전쟁.

목숨 쟁탈 여부마저 승자에게 가는 마당에 반역죄를 뒤집어씌우나 지나가는 똥개 살인죄를 뒤집어씌우나 크게 달라지는 건 없다.

다만 그 말이 널 꼭 죽일 거야라고 들릴 뿐.

"뭐든 하겠습니다. 뭐든 드리겠습니다. 제발 목숨만은……."

"그건 당연한 거 아니야?"

"……예, 당연한 것이지요."

"흐음."

비유는 황궁에 했지만 황궁보다는 확실히 조촐한 영주의 집무실을 둘러보며 차를 홀짝였다.

그런 그의 주위엔 토끼들이 당근을 베어 물며 놀고 있었다.

"토끼들이 참 귀엽지?"

"예? 예."

귀엽긴 개뿔. 방어구를 둘러쓰고 이빨을 드러내는 면상은 험악하기 그지없는데.

사실대로 말할 순 없기에 무조건 고개를 끄덕였다. 뜬금없이 그런 말을 하는 이유 따위 궁금하지도 않았고.

그럼에도 한시민은 친절히 화제를 돌린 이유에 대해 설명해 주었다.

"사실 우리 토끼들을 내 부인, 그러니까 공주님이 참 좋아하시거든."

"……예."

"이번에 우리 공주님이 일생에 한 번뿐인 성년식을 하기도 하고, 내가 좀 무리해서라도 공주님을 위한 특별한 선물을 준비하려 했는데……."

"……?"

나긋나긋하던 시선이 돼지를 향한다.

뜨끔 하는 몸!

"너 때문에 영지전 준비한답시고 돈을 좀 많이 썼어요."

“……!”

드러나는 본심!

영지전을 빌미로 원래 하려던 것들을 한 것뿐이지만 모든 건 멍청하게 뒤집어쓴 카란 남작의 몫!

억울함을 느낄 틈도 없이 속사포처럼 말을 뱉어낸다.

“모두 배상해 드리겠습니다!”

“어떻게?”

“손해 보신 것들을 알려주시면 제가 그 부분을 전부…….”

“돈이 부족하면?”

“비, 빚을 져서라도 갚겠습니다!”

“그래? 흠.”

무조건적인 약속에 떨떠름한 표정임에도 고개를 끄덕인 한 시민이 다음 용건을 꺼냈다.

“그리고 말이야.”

“예!”

“그건 내 손해에 관한 거래고, 이제 네 목숨에 대한 거래를 해볼까 하는데.”

“……?”

도둑놈도 이런 도둑놈이 따로 없다.

어차피 영지전에 승리한 주제에 그냥 말없이 다 가져가면 이렇게 답답하지도 않으련만. 마치 카란 남작이 손수 마련에 갖다 바치는 꼴이 되려니 괜스레 아깝고 속이 쓰리다.

"이번에 내가 돈을 좀 썼다고 했잖아. 너한테 보상금 받아서 공주님 선물 사기엔 시간이 좀 오래 걸릴 것 같고, 네 목숨값으로 공주님 성년식에 어울릴 만한 선물을 하나 구하고 싶은데 어때?"

"……예?"

"어떠냐고. 선물로 어울릴 만한 거. 있어?"

"……아니, 그런 건 없는 거 같은……."

세상에서 가장 어려운 질문에 카란 남작이 고개를 저었다.

뭐 어쩌라고! 그런 걸 어떻게 정한단 말인가. 만약 줬다가 공주가 마음에 들지 않는다 하면?

이런 건 내빼는 게 정답이다.

"없어?"

"……예."

"아니야, 있어. 있을 거야. 잘 생각해 봐."

"……."

"흠, 안 되겠네. 내가 조금 도와줄게."

"예?"

"지금 정신이 좀 없어서 생각이 안 나나 본데. 맞다 보면 생각날 거야."

아쉽게도 한시민에겐 통하지 않는 정답이었다.

7

카란 남작에겐 진짜 마땅한 게 없었다.

제아무리 중앙 귀족과 연이 닿아 있는 귀족이래 봤자 남작 나부랭이일 뿐인데 어찌 제국의 하나뿐인 공주이자 대륙의 여제가 될 그녀에게 맞는 선물을 가지고 있겠는가.

기껏해야 그가 가진 건 괜찮은 곳에 위치한 영지와 돈뿐이다.

해서 정신이 혼미해질 때쯤 외쳤다.

"다 가지십시오! 숨겨둔 보물까지 다 드리겠습니다!"

순전히 살고자 하는 욕망에서 나오는 진심.

때려죽여도 목숨만 부지하고 숨겨둔 비자금으로 훗날을 도모하고자 불과 30분 전에 생각했던 카란 남작은 더 이상 없었다.

한 대, 한 대가 뼈를 시리게 만들고 동시에 적용되는 오라들의 향연에 온갖 고통이 수반되었다.

세상에 가장 두려운 게 죽지 못해 사는 것이라지 않던가!

힘을 조절하여 적당히 아프게만, 죽지는 않게 때리는 법 따위는 모르는 한시민이지만 죽을 것 같을 때쯤 최상급 포션을 하나씩 먹여가며 깨워 때리고 또 때리는 게 더 잔인하고 폭력적이었다.

적어도 힘 조절을 할 줄 안다면 딱 죽지 않을 만큼의 강도로만 고통이 들어와 죽고 싶다는 생각만 들 뿐이지만 한시민 같은 경우엔 진짜 죽으라고 패면서 살려놓으니 맞을 때마다 정말 죽겠구나 싶은 생각이 계속해서 드니까.

그 두 개의 차이는 미묘하지만 크다.

"그건 당연히 다 내 거고."

"예, 예. 맞습니다. 다 가져가십시오. 제발 목숨만은……."

카란 남작을 이렇게 다른 사람으로 만들어버렸으니까.

사람 하나 갱생시키는 데 큰 도움이 되는 스킬을 깨우쳐 버린 한시민이 잠시 주먹질을 멈춘 뒤 어깨를 풀며 한숨을 쉬었다.

"후, 아직도 기억이 안 나다니. 너 참 끈질긴 친구구나?"

"……."

미친 새끼야! 기억이 안 나는 게 아니라 없으니까 말을 못 하는 거잖아!

이쯤 고문했으면 마족이라도 제 동족들을 배신하고 인간들의 편에 섰을 것이다.

억울한 마음에 외치고 싶었지만 그랬다가 펼쳐질 미래가 눈에 훤하기에 침을 삼켰다. 그러면서도 뇌는 저도 모르게 계속해서 생각하고 또 생각했다.

공주님의 품격에 맞으면서도 이걸 제시했다가 저 빌어먹을 악마 새끼한테 그것도 선물이라고 내민 것이냐며 처맞지 않을 만한 게 뭐가 있을까.

영지를 팔아서라도, 아니, 영혼을 팔아서라도 그런 게 있다면 구할 마음의 준비가 되어 있었다.

"아직도 기억 안 나?"

"……."

"안 되겠네. 강도를 조금 더 높여서."

"……아! 아아아아! 생각났습니다!"

"거짓말 치지 마. 아직 아닌 거 같아."

"아닙니다. 정말입니다!"

또다시 다가오는 한시민을 보며 카란 남작이 경기를 일으키며 외쳤다.

본능적으로 살기 위해 외치는 정답!

이미 몇 번이나 써먹었던 패턴이기에 한시민은 듣는 척도 안 했다.

하지만 카란 남작은 진심이었다. 이번엔 진짜로.

"저, 저희 외숙부께서 가지고 계신 귀중한 보물이 있, 있습니다! 그거라면 충분히, 대륙의 여제가 되실 공주님께 어울리고도 남을 성년식 선물이 될 겁니다!"

"그래?"

"예! 물론입니다!"

멈추는 걸음.

머릿속을 스치고 지나가는 생존이라는 단어에 카란 남작이 쉴 틈 없이 말을 내뱉었다.

지금이 아니면 안 된다. 기회는 왔을 때 잡아야 한다! 저 주먹이 그의 온몸을 두드리기 시작하면 말을 하고 싶어도 말이 나오지 않으니까.

"뭔데?"

퉁명스러운 질문. 하나 모든 게 걸려 있는 순간.

카란 남작이 침을 삼켰다.

잠깐의 망설임. 조금만 더 길어지면 다시 인내와 고통과 역경의 시간이 다가오겠지만 그럼에도 망설이는 이유는 아주 잠시지만 이성이 돌아왔기 때문이다.

'그건 우리 가문의 보물인데…….'

바로 생각해 내지 못한 이유가 다 있는 법.

이를테면 마지노선이었던 것이다. 그가 가져올 수 있는 물건의 마지노선. 마치 은행의 비밀 금고 같은 선.

통장은 얼마든지 열어서 돈을 인출할 수 있지만 비밀 금고 안에 있는 무기명 채권엔 제아무리 재벌 2세든 할아버지가 억만장자든 접근할 수 없는 곳!

카란 남작이 내뱉을 물건은 그런 존재다.

"바, 반지입니다."

당연히 가져올 수 있으리란 100% 확신도 없고 가져온다고 해도 후폭풍을 감당할 수 있을지 자신조차 없다.

하나 어쩌겠는가. 지금 당장 살아야겠는데.

가진 것 없고 잃을 것 없는 자들이야 자신의 신념을 목숨보다 귀히 여기는 경우가 종종 있지만 평생 먹고 싶은 것 먹고 입고 싶은 것 입고 자고 싶은 곳에서 원하는 여자를 끼고 자며 모든 걸 누려온 카란 남작에게 이런 가혹한 상황은 적응은 커녕 일분일초가 너무나도 힘들다.

포기하면 편하다?

당연히 죽고는 싶지 않다. 이 모든 일이 목숨 구걸로부터 시작된 일이지 않은가.

"반지?"

"……예, 가문 대대로 내려오는 반지입니다. 대를 이을 자에게 전해져 오는 귀한 결혼반지인데 수백 년 전, 다섯 전설 중 한 분께서 귀히 만들어주셨다고 합니다."

처음이 어렵지 그다음은 쉽다. 내뱉은 말에 찾아오는 평화는 카란 남작으로 하여금 술술 내뱉게 만들었다.

"전설? 영웅들?"

"네."

"그 인간들이 왜 너 같은 거한테 선물을 줘?"

"……제가 아니라 저희 가문입니다."

"아아."

오류를 바로잡자 한시민이 고개를 끄덕였다. 그는 이해가 빠르다.

"그러니까 네가 줄 수 있는 게 아니라 그 백이라는 분에게 있는 거네? 당연히 네 것이 아니니까 나한테 줄 수 있을 확률도 적고?"

"……."

정곡을 찌르는 말에 움찔한다. 90%는 그저 일단 지금의 상황을 모면하고 보자는 생각으로 내뱉은 것이기에 뭐라 변명할 말이 없다. 3% 정도는 적당히 물건을 가져오는 척하면서 도망치겠다는 마음도 있었고.

"그러니까 결론은 처맞기 싫어서, 아니, 생각해 내기 싫어서 날 속이려고 했다."

"아, 아닙니다!"

"아니긴, 새끼야. 내가 어? 적어도 열심히 최선을 다해서 생각해 보다가 정 없으면 그러려니 하고 봐주려 했거든? 그런데 넌 안 되겠다. 대충 생각하는 척 몸으로 때우다가 귀찮으니 거짓말하면서 도망칠 생각을 하다니. 하! 이런 놈도 인간이라고 영지전에서 승리한 내가 목숨을 살려줄 생각을 하고 있었으니. 내가 미친놈이다, 미친놈!"

"……!"

과장하며 내뱉은 떡밥에 카란 남작의 동공이 흔들렸다. 지금은 휴식 시간이지만 아직 몸은 한시민의 주먹을 기억한다.

"사, 살려주신다고요?"

"예전엔 그랬지. 불과 10분 전까지만 해도."

"……가져오겠습니다. 무조건 가져오겠습니다!"

"무슨 수로?"

"그건 제가 지금 바로 출발해서……."

"널 어떻게 믿고?"

"영지를 담보로 걸겠습니다!"

"이건 원래 내 거잖아."

"……."

온몸이 부들부들 떨렸다. 지금 심정으로는 절대 도망치지 않겠다고, 외숙부를 찔러 죽이는 한이 있더라도 가져올 자신이 있는데 그걸 표현할 방법이 마땅치 않다.

그런 만족스러운 태도를 보며 한시민이 품에서 한 장의 종이를 꺼냈다.

"지장 찍어."

"……?"

"영혼의 계약서야."

"……!"

태연하게 내뱉는 말에 움찔한다.

영혼의 계약서. 전설로만 내려오는 단어지만 모르는 이는 별로 없다. 마족과의 계약을 돕는 종이. 영혼을 담보로 힘을 얻는 마법.

그게 왜 여기에?

"싫어?"

"아니, 아닙니다!"

의문은 잠시일 뿐, 다시 주먹을 드는 한시민을 보자마자 냅다 지장을 찍는다.

왜라는 의문은 갖지 않기로 했다. 눈앞에 악마 새끼가 마족들이 사용하는 계약서를 갖고 있는 게 그리 이상한 일은 아니니까.

"이로써 계약은 완료됐고 기한 내에 우리 거래의 물품을 가져오지 못한다면 넌……."

"……."

"세상에서 가장 끔찍하게 죽을 거야. 그리고 죽지도 못한 채 다시 살아나겠지."

"……?"

"언데드로."

"히익!"

남작이 자리에서 튕기듯 일어났다.

온몸의 근육들이 비명을 질렀지만 그런 걸 따질 겨를이 어디 있겠는가!

"빨리 갔다 와."

비계들이 출렁거리며 움직였다.

"가져오려나."

허겁지겁 뛰쳐나가는 카란을 보며 걱정이 먼저 들었다.

기본적으로 모든 인간은 그처럼 사악하고 얍삽하다는 전제를 깔고 들어가는 한시민에게 신뢰란 있을 수 없는 것!

가짜 계약서까지 들이밀며 겁을 주긴 했지만 불안한 건 어쩔 수 없다.

"경매장이나 둘러봐야겠다."

얼마 남지 않은 공주의 성년식.

마냥 굴러 들어온 호박에게 모든 걸 맡겼다가 뒤통수 맞으면 그가 입을 손해가 어마어마했기에 그 역시 이것저것 알아보기로 했다.

NPC들이 이용하는 대륙의 경매장에 나오는 물건은 어차피 황제가 구매할 수 있는 것이니 특별할 게 없어지기에 건너뛰고 오로지 유저들만이 몬스터들 잡고 유저만의 권한으로 얻을 수 있는 아이템들이 거래되는 거래 중개 사이트를 둘러본다.

"흠."

가격은 최저부터 최대까지. 장비류를 제외하고 기타 물품들부터.

꽤 비싼 가격까지 생각하고 있기에 인상은 절로 찌푸려졌다.

"이놈의 게임은 뭐만 하면 돈이야."

이번 영지전에 든 군수물자는 새로 얻은 영지에서 보충하면 충분히 남고도 흘러넘치지만 그와 별개로 성벽을 둘러치고 거기에 15강 한 염료를 전부 끼얹는 데 들어간 돈은 그 흘러넘친 돈들을 증발시키기에 충분했다.

쌤쌤.

어떠한 소득도 없던 전쟁이라는 뜻.

물론 그로 인해 어차피 하려고 했던 방벽을 든든하게 세웠고 마법진도 잘 만들어 놨으니 긍정적으로 생각할 요소는 있었지만 이번 영지전으로 깔끔하게 공주의 성년식까지 때우려고 했던 한시민의 꿈은 깨져 버렸다.

"어쩌겠나. 내 인생인데."

체념하고 물건들을 살핀다. 웬 쓸데없는 물건부터 꽤나 괜찮다 싶은 장신구까지. 과연 수천만 유저가 이용하는 게임답게 거래되는 아이템 역시 다양했다.

"오오."

그중 관심을 끌 만한 물건도 다수.

하나 구매 욕구에도 한시민은 흔들리지 않았다.

“좋아 보이긴 하는데 필요는 없겠네.”

욕심이라는 게 그렇다. 하나둘 필요해 보이는 걸 사다 보면 한도 끝도 없다. 원래 편의란 향상시키면 시킬수록 기준이 올라가 필요점이 끝도 없이 치솟는 것이니까.

지금도 대충 구하는 걸로 충분히 게임을 즐기고 있지 않은가!

‘절대 안 사.’

어떠한 매력적인 아이템이 나와도 안 살 것이다. 적어도 200골드짜리 아이템이 실수로 2골드에 올라와 있지 않는 이상.

그런 냉철하고 현명한 아이 쇼퍼의 자세로 두 시간쯤 푹신한 소파에 누워 구경하던 한시민이 제목부터 입맛을 확 끌어올리는 글을 발견했다.

—심마니들의 필수 아이템! 아이템 드랍 확률 증가 옵션이 달린 아이템 팝니다.

가격은 50,000원. 절로 손이 글을 클릭했다. 다짐한 지 1분도 채 되지 않았지만 어차피 보는 거야 돈 드는 게 아니니.

글엔 아이템 옵션이 찍힌 스크린샷과 장황한 설명이 쓰여 있었다.

—판타스틱 월드에서 약초 캐고 광산 헤매며 근근이 먹고 사시는 많은 채집 유저를 위한 필수 아이템입니다. 현재 거래 중개 사이트에 매물이 하나뿐이라는 거 확인했고요. 구매하시는 분께 특별히 중간 지점에서 만나는 서비스까지 해드리고 있습니다. 모든 왕국 거래 가능하고 24시간 언제든 전화 주세요.

그리고 보이는 아이템의 옵션.

"아이템 드랍 확률 0.5% 증가?"

그게 전부다. 제아무리 반지가 열 손가락에 최대한 많이 끼면 서른 개도 넘게 낄 수 있다 해도. 이런 쓸모없어 보이는 아이템을 누가 5만 원이나 주고 사겠는가.

피식.

한시민이 웃었다. 그리고 망설임 없이 결제했다.

Episode 23.

계륵이 닭갈비 되고 치킨 되는 거지

1

심마니가 그 반지를 줍게 된 계기는 아주 우연이었다.

어려서부터 심마니 부모님 아래에서 산을 전전하며 약초를 캐고 산삼을 찾아 나선 지 어느덧 십여 년.

더 이상 돈이 될 만한 약초들은 야생에 방치되어 자라나지 않았고 입에 풀칠이라도 하려면 사유재산인 산에 들어가 몰래 훔쳐다 팔아야 했다.

당연히 범죄자로 가는 최단 루트.

그런 짓을 하다 걸리게 되면 보통 피해자들은 돈이 넉넉한 사람들이기에 가차 없이 감방에 보내 버리기 일쑤다.

해서 미래에 대한 고민을 하던 도중 선택한 게 판타스틱 월드.

부모 세대부터 게임으로 돈을 번다는 건 망상에 가까운 일이었기에 꺼려졌지만 당장 땅이라도 파서 모래라도 가져가 팔지 않으면 처자식이 굶어야 한다는 상황에 과감히 지금까지 먹을 거 못 먹고 입을 거 안 입으며 모아온 적금을 깨 캡슐을 구입하게 되었다.

그가 게임을 하는 이유는 하나!

대륙을 돌아다니며 장기를 살려 돈을 번다.

듣기론 그곳은 모든 대륙이 인간의 땅이 아니며 재주만 된다면 얼마든지 사람의 손이 닿지 않은 땅에 들어가 약초를 캘 수 있다니 그야말로 심마니들에겐 블루 오션 그 자체가 아닌가.

특히 이름도 모를 약초를 캤는데 게임을 즐기는 유저들에게 엄청난 효능을 줄 수 있는 가능성이 있는 약초라면 그야말로 일확천금!

대충 산 몇 개에 거기서 거기인 나무들만 잔뜩, 그마저도 시간이 흐르며 다 벌목 당하고 있는 대한민국과는 차원이 다른 풍경들까지.

여기저기 돌아다니길 좋아하는 모험심도 채우고 돈도 벌고.

아직까지 인생을 역전할 만큼의 돈을 벌진 못했지만 심마니는 충분히 만족했다.

적어도 불법을 저지르지 않아도 되고 며칠 걸러 벌던 푼돈보다 많이 벌 수 있었으며 그래도 나름 정기적인 수익을 올릴 수 있었으니까.

밤낮없이 게임을 하며 대륙을 돌아다녀도 현실보다 덜 피로하고 죽을 확률도 덜 높으며 죽어도 살아날 수 있다.

이토록 많은 이점이 존재하는데 어찌 생활이 나아지지 않는단 말인가.

사건의 발단은 그 분기점부터였다. 이제는 NPC들과도 제법 친해지고 이름을 조금씩 알리는 수준의 심마니가 된 그가 결심했기 때문.

'더 먼 곳으로 나아가 보자.'

현재 그가 약초들을 구하러 다니는 산과 숲도 가끔 감당하기 힘든 레벨의 몬스터들이 나와 눈치를 봐야 하지만 더 들어가면 위험을 부담하는 만큼 귀한 약초가 나올 가능성이 높으니까.

여유가 생기자 함께 동반되는 욕심.

그렇게 깊숙이 들어가던 그가 울창한 나무들 사이에 가려진 무덤 하나를 발견했다.

"어?"

비석도 꽤나 고급스럽고 이런 곳에 있을 무덤이 아닌데?

의문은 잠시, 고민이 몰려왔다.

'파볼까?'

순간 섬뜩해지는 생각에 몸을 움츠렸지만 이내 주변에 아무도 없다는 걸 확인하고 허리를 폈다.

'뭐 어때? 아무도 없는데. 거기다 게임이잖아?'

혹시 알아? 엄청난 보상이 기다리는 퀘스트로 이어져 있을지?

지금껏 돌아다니기만 하느라 게임이라곤 해본 적이 없는 그이기에 더더욱 호기심이 생겼다.

정말 무덤을 팠는데 하나 팔아서 수억 원을 벌 수 있는 아이템을 줍는다면?

게임을 시작하고 이런저런 정보를 찾아보며 아이템 하나를 팔아 수억씩 버는 유저들에 관한 기사들 또한 자연스럽게 접해온 그다.

거기다 얼마 전엔 무려 60억이 넘는 돈에 입찰된 스킬북까지 알고 있기에 욕심이 생기는 건 자연스러운 일!

절로 발걸음이 무덤으로 향했다. 이미 마음을 굳힌 그에게 거리낄 건 없었다. 무엇보다 게임이라는 점이 죄책감을 덜어주었다.

땅을 파는 건 어렵지 않았다. 가죽 주머니라는 훌륭한 마법 아이템 안에 삽 정도는 들어 있었으니까.

주변에 누군가 오는 건 아닐까 조마조마하며 땅을 파자 드러난 건 한 구의 시체였다.

"……?"

금은보화가 잔뜩 있으리라 예상했던 심마니의 표정이 굳었다. 겉만 번지르르하지 속은 여타 무덤들과 다를 바 없지 않은가.

저도 모르게 시체를 건져 올렸다. 그래도 시간을 투자해 무덤을 팠는데 이렇게 가면 억울하니까. 저승길 노잣돈으로 뭐라도 하나 줬겠지.

"……!"

그렇게 발견했다.

반지 하나를.

[무덤 속 반지]

* 등급: Unique

* 착용 레벨: 35

* 옵션 1: 아이템 드랍 확률 +0.5%

그리고 아이템 중개 사이트에 글을 올렸다.

"예, 예예. 거기요? 네, 한 3일이면 도착할 거 같네요. 네, 조금만 기다려 주시면 금방 가겠습니다!"

전화를 끊는 심마니의 표정이 밝았다.

"아빠, 왜 그래? 기분 좋은 일 있어?"

"응, 아빠가 좋은 일이 있어. 오늘 저녁은 치킨 먹을까?"

"우와! 정말?"

"그럼! 가서 엄마한테 다혜 좋아하는 치킨 시켜달라고 해."

"응응!"

일곱 살짜리 딸에게 이토록 당당할 수 있는 날이 오다니!

입이 절로 헤벌쭉해졌다.

그럴 수밖에!

아무런 쓸모도 없어 보이던 반지를 그래도 그냥 버리긴 아까워 혹시 모르는 마음으로 중개 사이트에 5만 원에 올려놨는데 거래가 온 것도 모자라 중간 지점이 아닌 원하는 장소까지 배달해 준다면 5만 원을 더 얹어 무려 10만 원이나 준다고 하는데!

별 볼 일 없는 돈일지 몰라도 며칠 동안 만 원도 못 벌어먹던 시절을 생각하면 꿈만 같은 용돈이다.

게다가 그의 직업은 심마니!

주로 활동하는 지역이 있긴 하지만 대륙 어디를 돌아다니든 일을 할 수 있으니 움직이는 시간 역시 하나의 돈을 버는 과정이고.

놀라며 다가오는 아내를 안아주고 다시 캡슐 안으로 들어갔다.

용돈은 용돈이고 할 일은 해야지.

길거리에 내다 버려도 별 상관없을 것 같은 골동품을 10만 원이나 받고 판다는 생각에 심마니가 흥얼거렸다.

2

바쁜 시간이 흘렀다.

리치 영지는 방송을 통해 더더욱 입소문을 타고 유저들이 흘러들어 왔고 동시에 영지전 결과를 듣고 주변의 NPC들도 이민을 결심하고 많이들 왔다.

한시민은 자리를 비운 카란 남작을 대신해 그의 영지를 지배했고 세금 인하를 비롯해 여러 영지민의 대우를 개선하자 초면임에도 새로운 영주를 환영했다.

"개꿀이 따로 없네."

당연히 리치 영지보단 착취해 가는 게 많다. 둘 다 그가 지배하는 영지라 할지언정 리치 영지는 본진이고 열심히 공을 들여 키운 곳이지만 이곳은 이를테면 식민지! 같은 대우를 해 줄 이유도 필요도 없다.

게다가 이토록 환호하지 않는가!

대체 얼마나 처먹었으면 그런지 궁금했지만 의문을 갖진 않았다. 그에게 중요한 건 이 영지에서 나오는 돈이 전부였으니까.

"적당히 보상도 챙겼고."

보좌관에게 이것저것 지시해 놓고 매달 공납하라 이르고

자리를 뜬다. 리치 영지도 워낙 넓은 영토에 몬스터들이 사는 북쪽으로 계속해서 넓혀가면 끝도 없는데 굳이 하나 더 신경 쓰고 싶지 않았다.

"이민 오고 싶은 영지민들은 적합한 절차에 따라 신청하도록."

"와아아아!"

대충 성군처럼 연설하고는 다 챙기고 돌아왔다.

아, 성군이 이런 게 아닌가? 뭐, 어쨌든.

영지민들을 받는 기준은 역시 돈이 될 것이다. 능력 있는 영지민들은 오고 아니면 뭐 거기서 계속 살겠지.

무책임한 마음가짐과 함께 심마니가 리치 영지에 도착했다.

"안녕하세요. 시민 님 되시나요?"

"아, 어서 오세요."

초라한 차림새, 거대한 백팩, 온몸에 흙투성이.

한시민은 한눈에 어째서 이런 아이템이 5만 원에 올라왔는지 이해했다.

'별로 중요하게 생각 안 했나 보네.'

그럴 만도 하다. 사실 그가 강화 능력자만 아니었다면 클릭조차 하지 않았을 아이템이니까.

하지만 이걸 강화한다면, 그리고 진화한다면.

'돈은 이런 데서 버는 거지.'

워낙 별 쓸모없는 아이템이라 중개 사이트에 매물이 없지만 구매칸에 비슷한 종류의 아이템들을 전량 매입한다는 글을 올렸기에 곧 연락이 하나둘 올 것이다.

아직까진 세상에 알려지지 않도록 싸게 구입한 뒤 필요한 만큼 강화해서 팔아먹든 써먹든 해야지.

"반지 여기 있습니다."

"아, 감사합니다."

그런 한시민의 속을 아는지 모르는지 오늘 저녁에도 딸이 좋아하는 음식을 먹일 수 있다는 생각에 들뜬 심마니가 반지를 내밀었다.

볼품없는 반지. 고작 드랍 확률 0.5%가 붙은 반지를 왜 10만 원이라는 거금을 주고 사는 걸까?

역시 의문이 들었다. 게다가 눈앞의 남자는 판타스틱 월드에서 꽤 유명한 유저이지 않은가.

그가 하는 방송을 돈 주고 사 볼 능력이 안 돼 보진 못했지만 커뮤니티부터 시작해 인터넷에 떠도는 그의 게임 플레이 방식은 부러움을 살 만큼 대단하고 훌륭했다.

돈이라면 썩어나니 이런 잡동품을 살 수도 있지만.

"저, 혹시 이게 가치가 있는 아이템인가요?"

"네?"

조심스럽게 용기를 내어 물었다. 혹여 그가 몰랐던 가치가 있다 한들 지금 거래를 취소할 생각은 없었지만 그래도 뭔지는 알아야 다음에 주우면 비싸게 팔아먹을 수 있을 테니까.

하나 그의 기대에 한시민은 단호하게 고개를 저었다.

"쓸모는요. 무슨. 개뿔 도움도 하나 안 될 거 같은데."

"……."

그런 아이템을 무려 10만 원이나 주고 사는 사람의 입에서 나올 이야기가 아닌 거 같은데.

의심을 품는 심마니. 아무리 그가 순박해도 세상 물정을 모르진 않는다. 말과 행동이 일치하지 않는 사람들이야 사회에 널리고 널렸다.

"그냥 부적으로 하나 끼고 다니려고요. 혹시 알아요? 0.5%로 스페셜 아이템이라도 하나 더 뜨면. 그럼 바로 본전 뽑는 거니까요."

"아아."

하지만 한시민은 그보다 더 노련했다. 별 의심을 할 만한 발언도 아니었고 표정, 몸짓, 행동까지 모두 자연스러웠다.

아까운 낭비임은 분명하지만 한시민이 서 있는 장소와 온몸에 두르고 있는 방어구들, 그리고 세간에 공개된 그가 게임으로 번 돈까지. 일반인이 보기에 10만 원짜리 부적 하나 착용하는 게 이상한 일은 아니니까.

더군다나 고레벨 몬스터들을 잡고 좋은 장비를 떨어뜨리는 네임드 몬스터까지 잡는 입장에서.

"괜한 걸 여쭤봤네요. 기분 나쁘셨다면 죄송합니다."

"별말씀을요. 혹시 다음에 또 구하게 되면 가져다주세요. 길드원들도 하나씩 주려고요."

"네, 물론입니다."

오해를 푼 심마니가 속으로 쾌재를 불렀다.

그는 이 반지의 출처가 어디인지 안다.

아직 확실하진 않지만 그거야 돌아다니며 발견할 무덤을 뒤져 보면 확인할 수 있는 것!

'부수입이…….'

며칠에 하나 꼴로 나와도 당장 지금 버는 것에 2배 이상으로 수입이 늘 수도 있다.

"그런데 이런 아이템이 진짜로 있네요? 어디서 구하셨어요?"

"아, 그건 좀……."

"……예, 구하면 꼭 연락 주세요."

"물론이죠. 감사합니다."

악수함과 동시에 거래가 완료됐다는 홀로그램과 계좌로 입금되는 돈!

마지막 미끼까지 덥석 문 심마니가 서둘러 영지를 나섰다.

그리고 한시민이 반지를 이미 세 개가 끼워진 왼손에 착용하며 웃었다. 어쩌면 축복의 반지에 이어 그의 돈벌이 스펙 업

그레이드가 가능해지는 순간이 온 것일지도 모르리라.

망치를 든 그가 영지를 나섰다.

3

카란 남작은 심각한 고민에 빠졌다.

'아, 이걸 해야 하나 말아야 하나.'

막상 무거운 몸을 이끌고 수도로 올라오긴 했지만 또 위세가 하늘을 찌르는 숙부의 영지로 들어가려니 겁이 덜컥 났기에.

'내가 훔칠 수 있나?'

그는 전형적인 약자에게만 강한 강자.

당연히 이름만 파는 남작 주제에 어찌 어깨를 펴고 숙부와 동등하게 마주 앉을 수 있겠는가. 그마저도 숙부가 허락해 주지 않았다면 지방에서 그렇게 당당히 살 순 없었을 것이다.

이를테면 허락받은 권력. 언제든 눈에 거슬리면 빼앗길 수 있는 직위.

겁이 나지 않을 수가 없다.

그런 대단한 자에게 그의 보물을 몰래 훔쳐가는 일이니까.

'그냥 하지 말까?'

자연스럽게 이런 생각도 들었다.

몸이 멀어지면 마음도 멀어진다고 여전히 몸은 욱신거리지만 그때의 죽을 것 같은 고통을 이미 몸은 잊어가고 있었다. 게다가 지금 그가 서 있는 곳은 역시 목숨을 언제든 거둬갈 수 있는 귀족의 본진이고.

어쩌면 사실을 털어놓고 지켜달라고 요구하면 들어주지 않을까?

비록 영지는 버려야겠지만 그래도 어느 한쪽에 평생 쫓기며 사는 삶보다는 낫지 않을까?

하나 고민하던 카란 남작이 고개를 저었다.

차라리 죽으면 죽었지 그런 삶은 싫다. 조르고 졸라 번듯한 남작 작위 하나 받고 수도에서 멀리 떨어진 장소에 영지를 받은 이유도 숙부의 눈에서 벗어나 떵떵거리며 살고 싶은 욕구 때문이 아니었던가.

비록 더 높은 곳까진 올라갈 수 없지만 권력에 대한 욕심이 없는 그에겐 눈치 볼 필요 없고 왕처럼 군림할 수 있는 데다가 돈도 벌고 펑펑 쓰기도 하는 영주의 생활이 훨씬 더 편했다.

해서 무거운 발걸음을 옮겼다.

"외, 외숙부님. 저 왔어요."

"쯧쯧. 얼굴 꼴이 그게 뭐냐. 얘기는 들었다."

무려 후작이라는 자리에 앉아 있는 카란의 외숙부는 온몸이 멍투성이인 카란을 보며 혀를 찼다.

반겨주기는커녕 가문의 수치라는 눈빛!

시종들도 있는 자리라 치욕스럽지만 카란은 참았다.

"죄송합니다."

"황제의 가호를 받아 귀족이 된 모험가 따위 하나에게 지다니. 그런 거지 같은 사과는 필요 없다. 당분간 자숙하고 지내."

젠장, 누군 지고 싶어서 졌나. 너도 한번 가서 싸워봐라. 얼마나 황당했는지 알게 될 테니까.

"……예."

속으로 구시렁대며 고개를 숙인다.

역시 마음에 들어 하지는 않지만 내치지 않는 숙부의 모습에 안도의 한숨을 내쉬며 몸을 침대에 뉘었다.

"아."

얼마 만의 편안함인가.

고작 한 달도 채 되지 않는 시간 동안 그에겐 너무나도 많은 변화가 일어났다. 모두 그의 오만함에서 벌어진 일이지만 당연히 그의 잘못이라고는 생각하지 않는다. 그런 정직함을 가진 자였으면 애초에 그렇게 살지도 않았겠지. 그저 재수 없어 벌어진 일이라 하늘을 탓하며 피곤함에 눈꺼풀을 맡긴다.

"……."

하지만 쉽게 잠들지 못했다. 오는 동안 마차에서 잤기 때문이 아니다. 당장에라도 4일 밤낮을 자라고 하면 충분히 잘 수 있는 능력을 가진 카란 남작이다. 마음은 불편하지만 안전한 장소에

도달한 그에게 해결해야 할 문제가 자꾸 떠오르기 때문이다.

"어떻게 하지……."

눈만 감으면 그 악마 같은 모험가의 얼굴이 떠오르고 내밀던 계약서가 생각난다.

영혼의 계약서. 이행을 어기면 그 즉시 영혼을 강탈당한다는 그것.

이렇게 몸을 누이고 편하게 쉬는 시간마저도 그에게 남은 영혼의 시간에 포함되는 것!

"하아."

사실 선택지는 없다. 살고자 왔고 지금도 살고 싶은 욕망이 하늘을 찌르는 상황에서 뭘 망설이겠는가.

'죄송합니다.'

별로 친하지도 않은 외숙부에겐 미안한 일이지만 어쩌겠나. 당장 도망쳐도 계약서의 힘에 의해 영혼이 강탈당하는 것보단 계약을 이행하고 그래도 도망칠 가능성이 조금이라도 있는 외숙부의 군대로부터 튀는 게 낫지.

빠른 판단은 돼지를 움직이게 만들었다.

물론 지금 가문에 대대손손 내려오는 보물을 어떻게 빼낼지에 대한 대책은 없지만 적어도 확실한 선택은 그에 대한 생각을 하게 만들었다.

'생각해 내자. 생각해 내야 해.'

그렇지 않으면 죽어.

그런 간절함이 예상외의 방법들을 제시해 주었다.

4

심마니는 거래를 마친 그날 밤 딸 다혜의 행복해하는 표정을 보며 마음을 굳혔다.

'이걸로 물 들어올 때 노 좀 젓자.'

아무리 게임이라지만 무덤을 파고 시체에서 반지를 빼냈을 때의 기억이 찜찜한 건 인간인 이상 어쩔 수 없이 느끼는 감정이다.

그나마 게임이라는 울타리가 있으니 그 정도에서 끝내고 죄책감을 느끼지 않을 수 있었지만 정말 현실이라고 믿고 정신병까지 걸리는 사람이 극소수지만 존재하는 판타스틱 월드니까.

다시 하고 싶지 않은 일임엔 분명하다.

하나 그걸 번복한 것이다. 돈을 위해!

'다혜가 이제 학교도 들어가야 하고 친구들한테 꿇리지 않게 해주려면 용돈도 줘야 하고 학부모 참관 수업 같은 데 아내가 갈 텐데 다른 사람들한테 얕보이지 않으려면 근사한 옷도 한 벌 해줘야 하니까…….'

그래, 그깟 심마니의 자존심이 뭐가 필요하겠는가. 찜찜함이 뭐가 대수랴. 뭣이 중요하겠는가.

'어차피 게임이야.'

돈만 잘 벌면 되지!

결연한 마음으로 게임에 접속한 심마니는 곧장 리치 영지를 나서 주변 숲에 들어갔다.

레벨 대가 높은 몬스터들이 나온다는 말은 들어 알고 있지만 지금 그런 걸 따질 때인가!

물론 몬스터가 정리되지 않았다는 지역 근처로는 가지도 않고 어느 정도 인간의 발길이 이어지는 근처에서 돌아다녔지만 어쨌든 사냥은 자주 하지 않아 레벨이 그리 높지 않은 그에겐 모험이나 다름없었다.

"여기 있군."

그렇게 돌아다니던 그가 원하던 걸 발견했다.

무덤!

유저들은 별 관심도 갖지 않고 또 일부러 피해 다니기에 손을 타지 않은 무덤들은 옛날부터 숲에서 몬스터와 싸우다 죽은 사람들을 기리기 위함인지 여기저기 만들어져 있었다.

어찌 보면 리치 영지에겐 하나의 수호신과도 같은 상징이지만.

푹-

가족을 위해 사는 심마니에겐 눈물샘에 습기도 안 차는 이야기!

가차 없이 무덤을 파기 시작한다.

한참을 파자 나오는 시체.

저도 모르게 긴장하고 또 기대하게 된다.

막상 마음을 먹었지만 이렇게 죽어 문드러진 시체를 보고 있노라면 긴장이 되고 또 혹시 값진 물건이 함께 묻히진 않았나 하는 마음이 들기도 하고.

시선은 먼저 손가락으로 향했다.

"……없네."

안타깝게도 원하는 물건은 없었다.

주변을 뒤져도 마찬가지.

묻어준 사람이 있다면 아마 다 가지고 갔으리라.

절로 혀를 찼지만 포기하진 않았다.

'이제 시작이야.'

심마니는 게임을 많이 하진 않았지만 나름 똑똑하다. 그는 분명 무덤에서 판 시체의 손가락에 끼워져 있던 반지에 대한 의문점을 놓치지 않고 있었다.

'분명 아이템의 이름이 무덤 속 반지였어.'

세상에 누가 죽기 전에 무덤 속에 있던 반지를 구해다가 끼고 죽는단 말인가.

그렇다는 건 게임상의 시스템이 관여되었다는 뜻!

확신하긴 이르지만 의문을 확신으로 만드는 건 그리 어렵지 않다.

노가다.

어디 있는지도 모르는 귀한 약초를 찾아 전국의 산을 돌아다니던 그의 주특기를 발휘할 때가 왔다.

이상한 무덤을 파는 데에.

"이것들은 안 사시나요?"

"네?"

드랍 확률 반지를 강화하기 위해 나갔다가 온 한시민은 거지꼴을 한 채 영주성 앞에서 기다리는 노다지를 보고 한 걸음 물러섰다.

그가 가죽 주머니에서 쏟아내는 수많은 잡동사니에 놀랐다기보다 그의 눈빛에서 보이는 열정과 의욕에 놀란 것!

'저건…….'

낯익은 모습이다.

마치 한시민이 돈을 보고 눈이 뒤집혔을 때의 느낌!

동시에 느낄 수 있었다.

저자는 지금 매우 다급하구나. 돈을 위해서라면 무엇이든 할 수 있구나.

지금이야 살림살이가 나아져 여유를 부리고 사치마저 마음껏 하는 삶을 살고 있지만 여전히 바닥에서 기던 때의 기억을 소중히 간직하고 있는 한시민이기에 알 수 있었다. 저런 자들이 어떤 일을 해낼 수 있는지.

해서 따뜻한 미소를 지어주었다.

"어디 한번 볼게요."

"네."

딱히 기대는 하지 않았다.

도와주고는 싶지만 그가 남을 도울 만한 성격도 아니고 딱히 기브 앤 테이크를 할 만큼 무언가를 가지고 있을 거라곤 생각하지 않았으니까.

다만 한두 푼 그에게 가치가 있는 물건이 있다면 얼마든지 구입해 줄 의향은 있었다. 한시민이 가진 능력은 그런 잡동사니마저도 적당한 가치를 창출하게 만들 수 있는 신비한 마술이기에.

"오호?"

하나 기대 없이 들었던 잡동사니에 의외의 감탄을 터뜨렸다.

"허어?"

하나둘.

집어 드는 표정엔 놀라움이 가득했다.

“이거 전부 어디서 구하신 거예요?”

“……그건 말씀드릴 수 없습니다.”

온몸에 흙이 묻어 있다는 점과 아이템 이름들을 보면 쉽게 유추가 가능하지만 심마니는 끝내 고개를 저었다.

유추하는 것과 확신하는 것은 다르다.

어쨌든 그의 기준으론 목돈을 마련할 방법인데 고객에게 어디서 구하는지에 대해 말해주면 뭘 먹고 살겠나!

저마저도 쉽게 구할 수 없는 물건이지만 말해주고 싶지 않았다.

‘사주면 더 열심히 파야겠다.’

알았다며 남은 물건들도 살피는 한시민을 보며 침을 삼켰다.

대략 열댓 개.

표정을 보니 전부는 아니지만 몇 개는 팔리리라.

하나에 5만 원씩만 잡아도 수십만 원!

‘대략 20만 원 잡으면…….’

무려 한 달에 600만 원이다. 저 아이템 하나를 구하는 데 무덤을 대략 7개에서 10개가량 팠으니 그리 힘든 것도 아니고.

문제는 한정된 무덤의 수이지만 어차피 이걸 본업으로 삼을 게 아니라 문제 될 것도 없었다. 그러니 행복한 미소가 절로 지어질 수밖에.

도중에 약초꾼에서 도굴꾼으로 직업을 변경하겠느냐는 홀

로그램이 나와 기분이 더러운 것만 빼면 요 며칠은 그에게 둘도 없을 행운의 나날들이었다.

"이거 3개만 살게요."

"감사합니다!"

전부 둘러본 한시민의 선택에 일단 허리부터 숙였다.

남은 7개는 쓸모가 없다는 뜻이니 버릴 확률이 높겠지만 그래도 반나절 돌아다니며 15만 원을 번 게 어딘가.

"신기한 직업을 가지셨나 봐요."

"예, 운이 좋아서요."

"다음에도 괜찮은 물건들 나오면 가져다주세요. 제 직업이 생산 계열 쪽이라 이런 거 보면 돈을 쓰고 싶은 욕구가 샘솟네요."

"물론입니다. 감사합니다!"

"네, 그리고 다음부터는 제 마음에 드는 게 있으면 가격도 올려드릴게요."

"그, 그럼 얼마나……."

"뭐 괜찮은 거면 10만 원에서 100만 원까지도 드릴 수 있고요. 그건 옵션에 따라 다른 문제니까요. 그때그때 이야기하기로 해요."

"……!"

아이템들을 챙겨 가는 한시민을 보며 심마니가 넋을 놓고 한동안 서 있었다.

잘못 들은 건가 생각해 봐도 귀는 절대 그렇지 않다고 말해 주었고 뇌는 흥분을 가라앉히며 당장 이 기회를 잡으라고 소리쳤다.

'적게는 5만 원, 많으면 100만 원…….'

그것도 모아오는 복권에 따라 다르다. 얼마나 설레는 일인가. 이름도 모를 약초 캐다가 기껏해야 브론즈 단위의 돈을 받는 것보다는 확실한 돈벌이.

"……젠장."

그렇게 생각하니 어젯밤 버린 도굴꾼이 문득 떠올랐다.

도굴꾼이 되면 무언가 더 좋은 게 무덤에서 나오지 않을까?

평생을 이어온 약초꾼에 대한 자부심이 돈 앞에 무너졌다.

자본주의에 물들어 가는 심마니!

그가 뛰기 시작했다.

"도굴꾼. 도굴꾼 직업을 얻어야 해."

5

한시민은 장사꾼이다.

판타스틱 월드에서 남들이 혹할 만한 아이템을 만들어낼 능력이 있으며 또 어떠한 상황에서든 흥정할 여유가 있는 그런 장사꾼!

당연히 자기가 만든 물건은 무조건 제값에서 최소 30% 이상의 바가지를 씌워 팔고자 하고 반대의 경우엔 반값에 사도록 노력한다.

치사하고 더러운 장사치가 아닌 지극히 당연한 시장의 원리!

심마니에게 괜찮아 보이는, 떡잎이 노란 아이템 드랍 확률 증가 반지를 10만 원에 산 이유도 그것.

'어차피 제값을 아는 사람도 아닌데.'

정의 사회 구현을 위해 이 반지의 가치를 고백한다?

사실은 내가 이걸 사서 15강까지 강화한 뒤에 진화를 통해 주변 사람들에게 버프 형태로 나아간다면 직접 끼고 시간당 30만 원 이상의 수익을 더 올릴 생각이고 그게 아니어도 여기저기 돌아다니며 네임드 몬스터를 잡으면서 유니크 이상의 아이템들을 얻어다가 반지의 수천, 수만 배의 이익을 얻을 거라고?

그 고백을 듣고도 10만 원에 아이템을 팔 사람이 세상에 몇이나 있을까.

그게 혹여 세상에서 단 한 사람, 한시민만이 가능한 가정이라 할지언정 팔지 않을 것이다.

냉정한 현실을 파악하고 말고가 중요한 게 아니다.

그건 인간의 본성이다.

심보! 남이 잘되는 꼴은 죽어도 못 본다!

비록 이 아이템은 길 가다가 주웠고 내다 버려도 주워갈 사람이 없을 정도로 무쓸모지만, 그래도 세상 단 한 명이 가져가서 효율을 볼 수 있다면 차라리 파괴하고 말리라!

물론 그걸 미리 알고 흥정을 했더라면 한시민은 응했을지도 모른다. 터무니없는 가격만 아니면 충분히 제값을 주고 구입할 의사가 있을 만큼 흥미로운 옵션이었으니까.

게다가 이미 축복의 반지를 통해 입증되지 않았던가. 판타스틱 월드에 의미 없는 등급은 없다.

아무리 옵션 하나에 효과마저 0.5%지만 반지의 등급은 유니크.

그 위로 스페셜과 레전더리 등급이 있지만 희귀성으로 따지면 대륙에서 하나뿐이라고 봐도 무방한, 영단어 그대로 해석해도 될 만한 등급이다.

즉, 경험치 획득량 증가나 아이템 드랍 확률 같은 사실상 인간이 건드릴 수 없는 신의 영역에 도전하는 옵션들은 어떻게든 쓸모가 있을 수밖에 없다는 뜻.

그걸 심마니는 무더기로 들고 왔다.

대부분은 역시나 그냥 내던져도 할 말이 없는 것들이지만.

그 사이에서 단 하나만이라도 나오면 한시민에겐 전혀 나쁠 게 없다.

'대체 이런 걸 어디서 구해오는 거지?'

그게 한 번 보고 안 볼 사이인 심마니에게 보다 나은 조건을 제시하며 조금 더 관계를 이어가자고 제안한 이유다.

어쩌면 더 큰 이익을 볼 수도 있겠구나.

어디서 구하는지 궁금했지만 더 캐묻지 않은 것도 그 때문이다.

어차피 지금 짜인 스케줄만 해도 감당하기 어려울 정도로 빽빽하다. 구해온 경로를 안다고 해도 직접 움직이느니 차라리 스페셜리스트에게 붙어 경험치 매미 알바를 하는 게 훨씬 효율이 높고. 무엇보다 구매하는 데 큰 비용이 들지 않는 점이 가장 컸다.

'딱 내 옛날 모습 보는 것 같았어.'

돈에 굶주린 하이에나.

돈이 된다면 무엇이든 하고 그게 게임이라면 이틀에 4시간씩 자며 돈을 버는 것도 마다하지 않을 눈빛.

둘 사이에 차이점이 있다면 한시민은 똑똑하고 야무진 폐인이었고 심마니는 순진하다는 정도?

벗겨 먹기 딱 좋은 스타일!

'그래도 5만 원으로 갑질하는 건 아니니까.'

자기 합리화하며 고개를 끄덕였다.

그의 입장에선 당연한 끄덕임이다. 호갱님이 인지하지도 못했는데 알아서 가격을 올려주었으니까. 가장의 절실함이 보이지 않았다면 불가능했을 일이다.

"윈윈 하며 사는 게 내 인생 철학이지, 암."

적어도 수천만 원의 견적을 보고 몇만 원 올려준 주제에 뿌듯해하고 있었다.

대박이냐 초대박이냐의 갈림길이 결정되는 날!

11강까지 마친 아이템 드랍 확률 반지가 모루 위에 올려졌다.

[+15 행운의 반지]

* 등급: Epic Unique

* 착용 레벨: 35

* 옵션 1: 아이템 드랍 확률 +0.5%(+10%)

* 특수 옵션 1: 오라 효과 진화(특수 오라)

* 특수 옵션 2: '특수한 짙은 붉은 오라' 효과 적용

– 16m 범위 내의 아군들에게 아이템 옵션 적용(페널티 50%)

이름도 바뀌고 진화도 했다.

그야말로 원하던 시나리오.

거기에 35% 확률로 강화 성공 시 강화 효과가 상승하는 패

시브까지 터져 원래는 5%가 추가로 붙어야 하는 옵션이 10%로 뻥튀기 되어버렸다.

"운빨좆망겜에서 그 운빨이 연속으로 대박을 치다니."

한시민의 행운이 조금 높긴 하지만 설마 이런 식으로 터질 줄은 상상도 못 했다.

덕분에 그는 남들보다 아이템을 많이 먹든 높은 등급의 아이템이 나오든 그 확률이 10% 상승했다.

얼마 안 되는 수치 같아 보이지만 로또로 비교해 보면 아주 쉽게 이해되는 상황!

"0.001%도 안 되는 확률들로 싸울 때 난 10%가 넘으니까."

그야말로 사기적인 효과가 아닌가?

비록 호락호락하게 베타고가 대륙의 진귀한 아이템들을 몽땅 몰아줄 리는 없지만 마음 한구석이 든든해지는 건 어쩔 수 없다.

그뿐이랴. 무엇보다 중요한 옵션까지 붙었다.

"어때요? 이 정도면 옵션 추가해서 시간당 10만 원, 네임드 몬스터 레이드에선 50만 원. 콜?"

"……오빠, 대체 이런 건 어디서 구해오는 거야?"

축복의 반지처럼 레전더리 등급의 아이템이 아니어서인지 몰라도 주변 사람들에겐 5%만 적용되는 아이템 드랍 확률이지만 그마저도 게임으로 먹고살고 최상위 몬스터 레이드를 통해 수억 원이 오가는 외나무다리에 서 있는 유저들에겐 없어서 못 구하는 부적 중의 부적!

게임이 검증해 주기까지 한 부적이니 절대 거절하지 못하리라.

"그런 건 영업 비밀이고. 할 거야 말 거야?"

"언니, 어떻게 해?"

"음."

자랑스럽게 내미는 반지의 옵션을 보며 정설아가 고민에 빠졌다.

그녀 역시 궁금한 건 매한가지다.

어딜 그렇게 싸돌아다니면서 이런 돈 될 만한 물건을 구해 오는 걸까.

당장 이번에 스페셜리스트를 도와 잡은 네임드 몬스터에서 나온 물건들만 팔아도 어마어마한 수익을 올릴 텐데.

부러움과 동시에 미소가 지어졌다.

그래, 그래도 이런 괴물이 우리 길드여서 다행이지.

만약 그녀만큼이나, 아니, 그녀보다 더 자본이 빵빵하고 길드원들까지 풍족한 켄지 길드로 한시민이 가기라도 했다면 스페셜리스트가 지금 이 타이밍에 판타스틱 월드 랭킹 1위를 지키고 있을 수 있었을까.

고개가 저어졌다. 절로 고마움이 생긴다. 하나 그런 사사로운 감정으로 비싼 돈을 지불하진 않는다.

"필요할 때 말씀드릴게요."

"콜! 나도 그럼 빼고 있다가 코인 들어오면 끼면 되니까요."

"치사해."

반쯤 긍정적인 대답에 한시민이 흔쾌히 수락했다. 그에겐 어떤 대답이든 나쁘지 않다.

어쨌든 아이템은 성공적으로 완성됐고 스페셜리스트가 아니더라도 돈을 벌 고객님들은 깔리고 깔렸으니까.

하루 종일 사냥만 따라다니면서 돈을 벌기엔 해야 할 일이 많아 여유가 생길 때 가장 편하고 입금에 대한 신뢰가 있는 스페셜리스트를 따라다닐 뿐.

무엇보다 이 아이템의 제작 단가가 20골드도 채 되지 않는다는 점은 천하의 한시민도 여유를 갖게 만들었다.

"치사? 예슬아, 이 오라버니가 잘못 들은 거니?"

"에이, 오빠. 어차피 끼나 안 끼나 별 차이도 없는데 서비스 좀 해줘."

"난 그런 사사로운 감정을 공적으로 섞는 거 자체를 못 해서. 미안. 이럴 땐 공정한 성격이 문제네."

"……."

"뭐야, 그 어이없다는 침묵은? 마치 내 휴대폰에 저장되어 있는 누군가의 멍멍이 코스프레를 다시 보고 싶다는 것 같은데?"

"아니, 아니! 절대!"

물론 그런 상황에서도 강예슬은 고통받았지만.

"우선 몇 시간만 좀 사용해 볼게요."

"네."

찌그러지는 강예슬을 보며 정설아가 웃으며 말했다.

냉정하게 판단해 결론 내리긴 했지만 그녀도 과연 효과가 얼마나 있을지 호기심이 생기긴 했다.

진짜 아이템이 더 잘 떨어질까?

정말이라면 그 구체적인 수치는?

표본이 나와야 비교하고 앞으로 쓸지 말지에 대한 결론을 내린다.

거기까지 들어가는 비용이야 손해로 다가오겠지만 그녀는 그런 것쯤 감수할 준비가 되어 있는 금수저!

기승전 사냥의 일정이 시작되었다.

6

"허억, 허억."

굳건한 진홍빛 성문 앞.

웬 거지꼴을 한 돼지 한 마리가 숨을 헐떡거리며 찾아왔다.

"누구십니까?"

이제는 번듯한 문지기도 있는 리치 영지의 위엄을 보여주듯 잘 갖춰진 갑옷을 믿고 다가가는 병사!

눈빛엔 한껏 경계가 가득했다.

한시민이야 영지전을 그냥 용돈 벌이쯤으로 생각하고 말았지만 영지민들에겐 절대 그런 가벼운 단어가 아니었으니.

전쟁은 승리했지만 전쟁이 끝난 지 얼마 되지 않는 시점에서 수상한 자를 보고 의심하는 건 문지기로서 마땅히 해야 할 자세!

"여, 영주님을 만나러 왔다. 문을 열어라."

돼지가 그 모습에 인상을 찌푸리며 말했다.

온몸에 새겨진 고통의 낙인을 통해 예전의 그 오만함은 어느 정도 사그라졌고 건드려서는 안 될 고위 귀족의 보물을 훔쳐 달아나는 중이라 조심함은 더했지만 여전히 남아 있는 권위는 문지기를 움찔하게 만든다.

"신분증을 보여주시죠."

하나 문지기는 리치 영지의 간판!

고개를 치켜들어야 겨우 끝이 보이는 성벽을 지킨다는 자부심은 권력 앞에서도 그를 당당하게 만들었다.

"……그런 거 없다."

"그럼 들어가실 수 없습니다."

귀족이든 뭐든! 난 규칙을 지킨다!

평민인 병사가 상상할 수도 없는 배짱이지만 황제의 사위인 모험가 자작이 직접 어깨를 두드리며 그런 배짱을 부리는 자들에게 마음이 간다고 언제나 말하는 걸 떠올리면 눈에 뵈는 게 없어진다.

"……."

입구 컷을 당한 카란 남작이 인상을 찌푸렸다.

이런 수모를 겪어야 하다니. 이제는 하다 하다 평민 놈에게까지…….

왈칵 눈물이 날 것 같았지만 참았다.

기간이 얼마 남지 않았다. 오늘 내로 한시민을 만나 품에 지닌 반지를 건네지 못한다면 그는 가문의 반역자로 찍힌 주제에 영혼까지 강탈당해야 한다.

그 얼마나 비극적인 최후란 말인가! 그렇게 죽으면 과연 거짓으로나마 슬퍼해 줄 자가 한 명이라도 있을까!

초조한 마음은 뼛속까지 귀족인 그를 다급하게 만들었다.

"들어가야 하니 어서 문을 열 거라!"

"어허! 여기가 어디라고 감히!"

"네놈들! 죽고 싶으냐! 내가 누군 줄 알고!"

그럼에도 평생 고개 숙여본 적이 없기에 강압적인 태도를 유지하게 만들었다.

문제는 그런 강압을 돋보이게 만들어줄 걸치레가 없다는 점.

"흥, 네놈이 누군데? 기껏해야 모험가보다 못한 거지새끼로 보이는데?"

"뭐, 뭣?"

아예 이상한 놈으로 단정 지은 문지기가 한껏 비웃었다.

풍채나 살찐 걸 보면 혹시 귀족은 아닐까 의심이 되긴 하지만 그러기엔 온몸이 흙투성이인 데다가 몰골도 말이 아니다.

"좀 맞아야 정신을 차리겠구나."

"에잇!"

문지기들이 카란 남작을 밀쳤다.

"어이쿠."

바닥에 넘어져도 카란은 포기하지 않고 달려들었다.

어떻게든 들어가고 싶다. 한시민을 만나 이 지옥을 끝내야 한다.

하나 불가능한 현실이 변하진 않았다.

"……."

저 멀리 쫓겨나 바닥에 누워 마지막을 준비하는 카란!

저물어 가는 노을을 보며 한숨을 내쉬는 그때.

"뭐야, 너 여기서 뭐 해?"

구세주가 나타났다.

7

사냥의 효율은 감히 말로 표현할 수 없을 정도였다.

"……언니, 대박인데?"

"재료도 평소보다 많이 나오는 거 같고, 장비 아이템도 좀 나오고."

"헐."

막상 아이템을 착용한 한시민조차 놀랐다.

'뭐 이렇게 잘 나와?'

고작 10% 상승되었을 뿐이다.

물론 그 표본이란 게 3일 동안 하루 20시간씩 사냥하고 다른 유저들과는 비교할 수 없을 정도로 빠른 사냥 속도란 조건이 붙었지만. 게다가 잡은 몬스터들을 깔끔하게 해부까지 한다는 전제도 깔려 있다.

하지만 그래도 이전과 비교하여 눈에 띄게 늘어난 전리품과 아이템은 과연 유니크 아이템임을 증명해 주는 좋은 결과였다.

스페셜리스트가 게임에 투자하는 돈을 생각해 보면 매일 사냥을 통해 얻는 수익이 억 소리가 날 정도는 아니지만 그래도 이왕 쓰는 거 이런 부분에서나마 남는다면 충분히 도움이 될 테니까.

"그래도 역시 시간당 10만 원 내고 사냥하기엔 좀 애매하네요."

"나중에 렙 높아지면 이용하세요."

"그래야 할 것 같아요."

분명 만족은 하지만 아직 몬스터 레벨이 팔아서 시간당 1골드 이상의 이익을 내기엔 무리가 있기에 안타깝게도 협상은 결렬됐다.

그럼에도 한시민은 기뻐했다.

'대박인데?'

효과를 팔면 좋긴 하겠지만 그건 어디까지나 부수적인 이득! 그가 노리는 진짜 효과는 네임드 몬스터 레이드를 통한 고급 아이템 입수다.

남자는 한 방!

61억짜리 스킬북의 쾌감을 아직도 잊지 못하는 그이기에 잔돈 따위에 연연하지 않을 수 있는 것!

해서 귀가하는 도중에 만난 카란 남작을 보고도 주먹을 아꼈다.

"여기서 뭐 하냐?"

"……엇!"

"엇은 개뿔. 구해온다는 건 구해왔어?"

"아아!"

살았다!

냅다 자리에서 일어나 반갑게 두 손을 잡는다.

퍽-

"크헉!"

"뭐야, 돌았어?"

익숙한 고통에도 굴하지 않고 미소를 짓는다.

왔구나!

"어서 가시죠. 가지고 오라 하신 걸 가져왔습니다."

"그래?"

"네."

"공주님한테 어울릴 만한 선물?"

"네."

"……."

못 미더운데.

의심스러운 눈초리로 돼지를 훑었지만 초라한 몰골엔 자신감이 가득했다. 왠지 모르게 믿음이 절로 생기는 태도.

"일단 가 보자."

하나 어차피 밑져야 본전이고 좋은 물건을 고작 10만 원에 구했다는 기쁨에 기분이 한껏 업 되어 있는 상황이라 일단 들어가기로 했다.

꼬리를 살랑살랑 흔들며 따라오는 카란.

문지기가 그 모습을 보며 놀랐다.

"헉! 영주님. 그자는……."

"아, 괜찮아요. 들어가서 허튼짓하면 확 죽여 버릴 거니까."

"……예."

거대한 성문이 열린다.

'진짜 공주 성년식 선물도 구해야 하네.'

막상 데리고는 들어갔지만 그때까지만 해도 기대는 눈곱만큼도 하지 않았다.

애초에 한시민은 자신을 너무 잘 안다. 정말 갑자기 카란 남작이 각성이라도 해서 숨겨둔 대륙의 명검을 길에서 주워 오지 않는 한 이미 몇 개의 레전더리 아이템을 갖고 있는 그의 눈을 만족시킬 만한 게 나올 리가 없으니까.

그저 일말의 희망이랄까.

얼마 전 찾아왔던 심마니의 영향도 제법 있었다.

그렇게 1%의 기대도 없는 한시민의 앞에 카란 남작이 준비한(?) 보물이 공개됐다.

조심스럽게 품에서 고이 꺼내는 작은 반지함.

뚜껑을 열자 세상을 집어삼킬 듯 칠흑으로 빛나는 흑수정이 가장 먼저 눈에 들어온다.

아주 작은 알. 그리고 그것을 지탱하는 푸른 띠.

"올. 좀 비싸 보이는데?"

침을 삼키며 반응을 기대하는 카란에게 한시민은 생각 이상의 리액션을 보였다.

별생각이 없었지만 보이는 반지는 우선 비싸 보이지 않는가!

돈에는 언제나 경배해야 하는 법.

카란이 원하는 만큼은 아니지만 관심을 주었다.

"뭐냐?"

"가문 대대로 내려오는 결혼반지입니다. 물론 예물로만 내려오고 지금껏 누구도 착용하지 않았다고 합니다."

"호오."

확실히 그 정도 되는 고위 귀족들이 이만큼 아끼는 물건이라면 다른 건 몰라도 일단 값어치만큼은 충분히 나간다는 게 증명되는 셈.

소파에 누워 있던 한시민이 앉자 말을 이어 나갔다.

"여기 보이는 보석은 대륙 침공 때 마계와 대륙을 잇는 게이트를 통해 극소수 흘러나온 마계의 흑수정 가루들을 모아 만든 보석입니다."

"마계의 보석?"

"예."

"크기가 조금 작은데?"

“…… .”

이런 빌어먹을 자식이.

카란 남작은 설명을 귓등으로 들었는지 발가락으로 들었는지 묻고 싶은 충동이 들었지만 애써 참았다.

“이만한 크기의 보석 하나가 한 왕국을 살 수 있을 정도의 가격입니다.”

“엥? 진짜?”

“……네.”

물론 거래가 된다면 그 순간 평생 쫓기게 되겠지만.

거기까진 굳이 말하지 않았다. 그만한 친분과 걱정해 줄 만큼의 우정은 없었으니.

“두 개면 제국 수도 반쯤은 살 수 있나?”

“…… .”

“알았어. 계속해.”

“예, 그리고 여기 반지 테는 순금 미스릴로 만든 것입니다.”

“돼지 목에 진주 목걸이는 아니네.”

“반지의 값어치는 대충 이 정도입니다.”

“흐음, 확실히 공주님의 성년식 선물로 흠잡을 곳은 없네.”

딴지 걸고 싶어 안달이 났지만 딱히 걸 만한 구석이 없기에 깔끔하게 포기했다.

확실히 거짓말만 아니라면 대륙에선 구할 수 없는 보석의 반지는 성년식 선물 중에서도 가장 화려하고 빛나고 가치 있고 희귀한 존재가 될 수 있으리라.

'이놈 봐라?'

기대도 않았는데 알아서 이런 보물을 가져오다니.

어째서 그가 그토록 확실하게 호언장담했는지 이해할 수 있었고 동시에 그의 멍청함에 감탄할 수밖에 없었다.

가짜 계약서에 속은 탓에 튀면 어디서든 다시 재기하거나 평생 숨어 편하게 살 수 있는 걸 포기하다니. 역시 멍청하면 몸이 고생이다.

고개를 저으며 손을 내밀었다.

"……."

"뭐 해? 계약 마무리 지어야지?"

"바로 계약은 완료시켜 주시는 겁니다."

"당연하지."

부들거리는 손이 반지를 손바닥 위에 올렸다.

절대 놓치고 싶어 하지 않는 기색이지만 한시민은 손안에 들어온 보물을 기다려 주지 않는다.

"고마워."

"……."

강탈!

반짝거리는 반지를 아공간에 집어 던지며 자리에서 일어

났다.

"저, 계약서는……."

"아, 그거? 잘 해결됐으니 이제 가 봐."

"……?"

"우리 거래는 네 목숨을 걸고 한 거니까 당연히 영지는 내 거다?"

원하는 결말이지만 찝찝하기 그지없다. 뭔가 사기당한 기분이랄까.

하나 따지기도 전에 집무실을 나가 버리는 한시민이기에 카란은 그대로 찝찝함을 안고 나설 수밖에 없었다.

"하아."

그리고 몰려오는 현자 타임.

이제 끝인가. 내 본능을 무시하고 이렇게 약속을 열심히 지켜본 적이 살면서 있었던가.

괜한 회의감과 성취감이 몰려왔다.

진작 이렇게 살아볼걸. 인간은 역시 죽기 직전이 되어야만 성장한다더니. 이제라도…….

"……가 아니잖아."

문득 잠시 외면하던 현실 하나가 떠올랐다.

모든 게 끝이 아니라 시작임을 알려주는 사실.

그는 도망자였다.

8

공주의 성년식이 1주일 앞으로 다가왔다.

황제의 교지가 영지로 날아왔고 제국의 수도로 갈 채비를 꾸리는 와중에 심마니가 또 한 번 찾아왔다.

이번엔 스페셜리스트도 함께 있는 자리였다.

“시민 님, 또 가져왔습니다.”

“아, 벌써요?”

“예.”

또 한 번 한가득 쏟아지는 잡동사니들.

지난번보다 훨씬 많은 양에 두 눈이 크게 떠진다.

“아니, 골동품 수집 스킬이라도 있으세요?”

“하하. 사실 관련 직업으로 전직해서 저번보단 더 많고 좋은 것들도 섞여 있을 겁니다. 잘 좀 봐주세요.”

“걱정 마세요.”

그런 거야 부탁하지 않아도 알아서 잘 찾으니까요. 돈 냄새 나는 것들로.

자연스럽게 아이템을 뒤지는 한시민을 보며 스페셜리스트가 흥미를 보였다.

–오빠, 뭐 해?

–뭐 하긴. 재테크하지.

—웬 재테크를 이런 거지 같은 것들로 해?

—원래 돈을 벌려면 싸게 사서 비싸게 팔아야 하는 법이야.

—에이, 이런 걸 누가 비싸게 사.

길드 채팅으로 비웃는 강예슬에게 뜨거운 시선을 보낸다.

바로 너 인마!

실망할까 봐 말은 하지 않고 다시 아이템 고르기에 전념한다.

"이건 쓰레기고. 이것도 필요 없고. 흠."

"저도 봐도 돼요?"

"네, 제가 본 것들 보시고 사고 싶으신 거 있으면 저 사람한테 5만 원에서 10만 원 정도 주고 사시면 돼요."

"네."

그러다 호기심에 참여하는 정설아에게 주의점을 알려준다.

"공격력 +1, 체력 +3……. 대체 이런 아이템을 어디서."

고개를 끄덕이며 신기한 듯 살피는 정설아.

강예슬과 정현수도 참여했다. 물론 그들이 보는 아이템들은 전부 한시민이 필요 없어 거른 것들.

하지만 제법 흥미를 끄는 것이 많았다.

"오! 언니, 마력 4 올려주는 반지 있는데 살까?"

"사서 강화하면 쓸 만하겠네."

이들의 기준은 한시민보다 낮으니까.

"아저씨, 이거 살게요. 5만 원. 콜?"

"아이고, 물론이죠."

한시민의 뜻을 단번에 이해한 강예슬이 뻔뻔하게 가격을 불렀다.

심마니는 좋다고 고개를 끄덕였고 그 자리에서 거래는 이루어졌다.

정설아와 정현수 역시 빈 손가락에 몇 개의 레어 등급 이상의 반지를 끼고 장신구를 착용했지만 막상 한시민은 아무것도 구입하지 않았다.

"전 별로 내키는 게 없네요. 다음에 살게요."

"아이고, 감사합니다."

그럼에도 공손히 고개를 접는 심마니.

이미 예상보다 훨씬 많은 금액을 팔았기에 가능한 일!

그가 싱글벙글하며 다시 도굴을 위해 나섰다.

"오빠, 근데 진짜 이거 5만 원에 사도 돼?"

"……양심에 조금 찔리긴 하네요."

남은 자들의 오프 더 레코드에 한시민이 혀를 찼다.

"딱히 좋은 것도 아니잖아요."

"그래도 5만 원보다는 좋잖아."

"어차피 나중에 쓰다가 다른 걸로 갈아탈 때 버릴 거 아냐?"

"……그렇긴 하지."

그러면서 본격적인 설득에 들어간다.

스페셜리스트가 바가지를 쓰는 상황은 그 하나만으로도 충분하다!

“저 사람도 마찬가지야. 우리가 안 사면 팔기도 애매하다고. 기껏해야 쓰다 버릴 건데 누가 이런 거 제값에 주고 사겠어? 기껏해야 1골드? 이런 거 주고 맞출 사람이라면 돈 조금 더 투자해서 괜찮은 거 사겠지. 장신구인데.”

“그건 그렇네.”

“너야 이런 거 대충 쓰다 버려도 될 만큼 금수저니까 그런 거고.”

“…….”

하나부터 열까지 맞는 듯한 말만 늘어놓으니 진짜 맞는 것 같기도 하고.

“이건 말이야. 계륵 같은 거야, 계륵. 알지?”

“……응.”

“저 사람한텐 먹기도 애매하고 그렇다고 버리기도 아깝고. 우리 입장에선 비싸게 먹기엔 아깝고 그렇다고 계륵 구하러 다니기엔 시간이 아깝고. 서로에게 윈윈이지.”

“그러네?”

쐐기까지 박히니 강예슬이 고개를 끄덕였다.

“그러니 군소리 말고 가지고 올 때 싸게 사.”

“응.”

"원래 계륵이 말이야. 어떤 요리사를 만나느냐에 따라 닭갈비가 될 수도, 치킨이 될 수도 있으니까."

물론 그 요리사가 과학을 뛰어넘는 초자연적인 힘을 쓸 수 있을 때의 이야기지만.

시민은 만족스러운 미소와 함께 계륵으로 만든 치킨을 낀 왼손을 내민다.

"와! 이 반지 뭐야? 처음 보는데. 완전 새까매."

옵션이 궁금했다.

과연 마계에서 흘러나온 보석의 가루들을 모아 만든 결정체는 어떤 효과가 있을까.

그래도 나름 대륙에 하나뿐이라고 들은 보석인데 엄청난 옵션이 숨겨져 있는 게 아닐까?

그게 비록 마족들과 관련된 것일지언정.

한시민은 상관없었다.

그야 판타스틱 월드가 마족들의 침공으로 인해 무너지고 인간들이 마족의 노예가 되어 새로운 삶을 살게 되든지 신이 내린 용사가 깜짝 등장해 빌어먹을 마족 놈들을 전부 베어버리고 그 사체들을 연구하고 팔아 떼돈을 벌든지 어느 쪽이든 이기는 편에 서서 이득을 취하고 미래를 바라보는 선택을 할 테니까.

중요한 건 변화. 그리고 그가 그 변화를 주도할 수 있는가. 아니, 변화 속에서 가장 먼저 움직일 수 있는 자리에 올라갈 수 있는가.

그렇기에 기대가 컸다.

카란 남작은 반지를 내밀며 별말이 없었고 원래 반지의 주인이었던 가문에서도 이걸 딱히 숨기지 않고 가문의 보물이라 가문 내 사람들에게나마 알리기까지 했으니 마족과 관련된 내용의 전개는 크게 바라기 힘들겠지만.

그래도!

'왠지 냄새가 난단 말이야.'

직감은 외치고 있었으니까.

이건 뭔가 있다.

그렇지 않고서야 반지에 조합된 단어들이 너무나 유니크하다.

중앙 귀족, 가문의 보물, 끼지도 않은 결혼반지, 마계의 보석.

당연히 가장 먼저 그가 한 행동은 반지의 옵션을 확인하는 것.

[미지의 반지]

* 등급: ???

* 착용 레벨: 1

* 옵션 1: ???

사실 이게 의문을 갖고 동시에 기대를 품은 가장 큰 이유다.

너무 대놓고 주장하지 않는가! 나 대단한 놈이라고!

일부 게임을 처음 접하는 유저나 눈치가 없는 유저들은 이게 뭐냐며 이딴 쓰레기가 다 있다고 내다 버릴 수도 있는 옵션이지만 어느 정도 게임을 한 유저인 한시민에겐 놓칠 수 없는 복권이 온 것이나 다름이 없다.

일단 최소 3등은 찍어놓은 로또랄까.

저 물음표 치우고 나면 무조건 좋은 게 뜰 수밖에 없다.

판타스틱 월드라 할지언정 그건 피해갈 수 없다.

게임의 룰이니까.

물론 겉보기에 구질구질하고 볼품없으면 꽝이 나올 가능성이 조금이라도 있을지 모른다.

하나 이건 아니다.

아니리라 확신했기에 꼈다.

'무조건 푼다.'

오랜만에 승부욕이 발동됐다.

처음 강화에 대한 초능력을 인지하고 발전시켜 나가다 만난 고강화의 벽이 새삼 떠오른다.

게임에서야 원하는 자세를 취하고 의식을 행할 수 있지만 사고가 난 뒤 굳은 몸과 평생 운동과는 담을 쌓아왔던 그라 강화 성공에 앞서 의식을 준비하는 데만 엄청난 시간이 필요했다.

그때의 도전 정신! 꼭 성공해서 떼 부자가 되리라는 미래에 대한 기대! 얻어냈을 때의 성취감.

아무것도 확신할 수 없지만 그걸 느끼고 자신했다.

'강화가 안 된다는 거에서 빼박이지.'

1강조차도 성공할 가능성이 보이지 않는다. 이 얼마나 오만하고 대단한 반지란 말인가.

어떤 식으로든 베일에 감춰진 봉인을 풀고 보고 싶다. 속살을.

"……."

너무 변태 같네.

음흉한 미소를 지으며 진지한 태도를 유지하던 한시민이 기지개를 켰다.

"후, 역시 제국으로 가는 길은 불편해."

"그냥 빼액이 타고 가면 되잖아."

"안 돼."

공주의 성년식을 위해 제국 수도로 향하는 길.

스페셜리스트와 함께 황제가 보낸 마차에서 뒹굴거리는 한시민이 단호하게 고개를 저었다.

강예슬의 말은 일리가 있지만 크나큰 결함이 존재한다.

"얘는 타고 다니는 건 참 좋은데 커지면 자꾸 돈을 처먹는단 말이야. 빌어먹을 자식이 스킬 올리고 성장시키고 부화시키는 데 먹인 돈이 얼만데 조금 태워주는 것 가지고 돈까지 처먹고. 물론 예슬이 네가 돈 내면 타고 갈게."

"……난 마차도 좋아, 오빠."

바로 돈!

이상은 이상일 뿐이라는 걸 여실히 보여주는 사례.

타고 다닐 땐 좋았지만 목적지에 도착해 다시 새로 돌아오면 배고프다고 빽액대는 게 진심으로 한 대 치고 싶은 욕구까지 만든다.

처음에야 귀엽고 든든해서 한두 푼 먹였지만 그게 점점 늘어나다 보니 결코 무시할 수 없는 소비가 되었고 요즘처럼 소비가 늘어나는 시점에선 크게 만드는 것을 자제할 수밖에 없었다.

"어디 금광 하나 안 튀어나오나."

하아.

당연한 말이지만 기껏 비싼 돈 주고 구한 골드 드래곤을 만날 작은 새로 어깨 위에 두고 다니고 싶은 마음은 조금도 없다.

그저 바랄 뿐이다. 새로 구한 자동차 보험료와 기름값을 지원해 줄 스폰서가 생기길.

가장 높은 가능성을 지닌 호구들을 슬쩍 바라봤지만 어느새 딴청을 피우고 있는 모습에 고개를 저었다.

역시 완전 호구들은 아니야.

“오빠, 그런 눈으로 보지 마. 우리가 아무리 호갱님들이라도 급이 있다고. 그렇게 속 보이게 데리고 온다고 돈을 갖다 바칠 것 같아?”

“쳇.”

날카로운 지적에 혀를 차며 등을 기댔다. 들켰으니 그냥 시간이 오래 걸리더라도 마차로 가기로 했다. 어차피 굳이 데리고 가지 않아도 되는 스페셜리스트에게 황제를 만나게 해주겠다는 제안을 공짜로 하며 동행시킨 건 고작 빼액이의 밥값과 연료값을 벌기 위함이 아니니까.

왼손에 걸린 정체불명의 반지에 대해 고민하며 동시에 먹고 살 궁리까지 하는 한시민의 마차가 제국에 도달했다.

9

공주의 성년식은 그 어느 때보다 성대하게 준비됐다.

“일생의 한 번뿐인 공주의 성년식이다. 소홀함이 보인다면 용서치 않겠다.”

“예, 폐하.”

“예, 폐하.”

딸바보 아빠가 이토록 단호하고 권력을 십분 이용해 엄포

하는데 어찌 감히 대충 준비할 수 있겠는가.

제국 기념일, 대륙 평화의 날, 황제의 생일보다도 화려한 축제가 제국 수도에서부터 마련되고 있었다.

"아바마마, 이렇게까지 하지 않으셔도 되는데……."

"아니다, 네가 저주에 걸리고 나에게 한 약속이다."

얼마나 아끼면 공주까지 나서서 적당히 하라고 말했지만 단호하게 거절했을까.

어지간한 왕국의 1년 예산이 들어갔으리라는 농담이 진담처럼 흘러나올 정도였다.

거기서 끝이 아니었다.

"각 왕국에게 전해 내로라하는 모험가들을 초빙하라. 앞으로 대륙에 큰 힘이 될 그들을 직접 치하하고 제국의 위엄을 보여주리라."

NPC들에게 찬밥 신세를 면치 못하는 모험가들에 대한 파격 대우까지!

물론 참여할 수 있는 모험가는 각 왕국에서 고위 NPC들의 호감도를 조금이라도 쌓아둔 이들이겠지만 그마저도 파격적인 혜택이라 볼 수밖에 없다.

이제 고작 50레벨을 넘어 메인 퀘스트 2막을 도전하네 마네 하는 유저들에게 그런 큰물에 얼굴을 판다는 건 곧 어떤 식으로든 그들이 가진 힘을 뛰어넘는 무언가를 사용할 기회가 생긴다는 뜻이니까.

이를테면 귀족 작위라든가.

어찌 됐든 RPG 게임이니 메인 퀘스트에 레이드가 필연적으로 포함되어 있지만 꼭 그걸 스스로 캐릭터를 성장시켜 같은 유저들과 힘을 합쳐 잡으라는 규정은 없다.

자유도가 높은 판타스틱 월드가 갖는 이점!

귀족이 되어 영지를 갖고 병사를 꾸려 대규모 전쟁을 통해 퀘스트를 완료해도 된다. 당연히 그에 따르는 위험도는 낮아질 테고.

그도 아니면 귀족 직위를 바탕으로 퀘스트를 잘 해결하는 모험가들을 자신의 세력에 포함시켜도 되고.

무엇이 되었든 황제의 파격적인 선언은 유저들에겐 갑작스레 내려온 행운의 이벤트와 같은 것. 그 대상엔 스페셜리스트도 포함되어 있었다.

"귀족이요?"

"네, 어때요?"

"되면 좋긴 한데 그게 그렇게 쉽게 될 수 있는 거예요?"

"뭐, 어렵긴 하죠. 근데 오늘은 좀 특별한 날이라. 입 좀 잘 털면 될 거 같기도 해서요."

"으음."

수도에 도착하자마자 곧장 황궁으로 향하는 대신 정설아를 붙잡고 내뺀는 악마의 손길!

황제가 모험가들을 초빙했다는 말은 듣지 못했지만 공주를 무조건 기쁘게 할 물건을 손에 넣은 한시민은 자신감 넘치게 아직 손에 들어오지도 않은 물건을 팔 수 있었다.

“난 좋아! 살래!”

“생각 좀 하고 말해. 얼마인지 알고 사겠대?”

“흥, 얼마든. 61억짜리 스킬도 산 마당에 귀족 자리 하나 사는 게 뭐 대수라고. 기회 올 때 사야지.”

“그럼~ 예슬이가 똑똑하네. 아주 똑똑한 개야.”

“…….”

귀족 작위!

기껏해야 남작이겠지만 승승장구하며 자작까지 딴 한시민과 달리 다른 유저들에겐 남작도 그림의 떡이나 다름없다.

특히 다른 왕국의 남작도 아니고 제국의 남작이지 않은가!

제국과 왕국의 차이를 생각해 보면 적어도 왕국의 자작, 혹은 그 이상까지도 쳐줄 수 있는 위치임에 틀림없다. 그걸 대뜸 돈만 주면 얻게 해주겠다니 정설아가 망설이는 것이고.

믿지 못하는 건 아니다. 다만 상대가 너무 높은 자리에 있는 NPC이지 않은가.

‘진짜 할 수 있는 건가?’

황제를 상대로 사위가 되고 작위를 얻고 영지까지 따낸 걸 보면 신뢰는 간다. 하나 그게 일면식도 없는 스페셜리스트에게도 적용되리란 보장은 없다.

짧고 굵은 고민. 그러나 고민은 오래가지 않았다.

"좋아요. 그렇게만 된다면 나쁘지 않은 거래네요."

"콜!"

정설아는 누구보다 계산이 빠르니까.

한시민에겐 돈이 무엇보다 중요하고 우선시되는 거래의 화폐지만 그녀에겐 돈으로 남이 사지 못하는 걸 살 수만 있다면 그게 얼마가 되었든 남는 장사다.

게다가 얼마 전 강예슬이 61억이나 주고 스킬북을 산 걸 보며 든든한 그녀의 아버지도 백지수표를 건네지 않았던가.

"한신그룹에게 질 순 없지. 그 꼬맹이에게 업혀가는 꼴? 더더욱 볼 수 없고. 설아, 널 믿지만 도움이 필요하면 언제든 말하거라."

그런 그녀에겐 거칠 게 없었다. 어차피 밑져야 본전인 거래이기도 하다. 한시민이 그들에게 귀족 작위를 주지 못한다면 돈 또한 주지 않으면 그만이니.

절대 그럴 일은 없어 보이는 표정으로 한시민이 웃으며 손을 내밀었다.

마주하는 손. 거래의 성사!

“가격은 특별히 길드 할인, 인맥 할인, 우리 멍멍이 할인까지 더해서 호구한테 받을 금액의 반만 받을게요.”

“호구요?”

“네, 이번에 네 자리 달라 할 거거든요.”

“……혹시 켄지를.”

“네.”

“…….”

왜요?

정설아는 묻지 않았다. 물어봤자 달라질 결과가 아니었으니까. 그리고 답 또한 알고 있다.

‘시민 씨는 그자와 별 감정이 없어.’

없다기보다 돈이라면 자길 찌른 놈하고도 친구가 될 것만 같은 사람이다. 아니면 좋지 않은 감정을 바가지를 잔뜩 씌워 팔며 풀든가.

어떤 마음이든 설아는 한시민의 말에서 한 가지 사실을 깨달을 수 있었다. 숨겨져 있지만 누구보다 한시민을 잘 파악한 그녀만이 캐치해 낼 수 있는 그의 본심.

‘우리한테 50% 할인을 해주는 게 아니라 그 사람한테 2배를 받아먹을 생각이구나.’

피식.

웃음이 나왔다. 진심으로 그룹에 데려가 어디 계열사 하나

골라서 대표이사 자리에 앉히고 싶은 사기꾼이지 않은가. 이런 사람이 어떻게 아직까지 게임만 하고 살았던 걸까.

"……."

원하는 계약을 모두 성사시키고 당당히 황궁을 향해 걷는 한시민의 뒷모습을 보며 고민하다 정설아는 그녀가 하는 생각이 얼마나 어리석은 것인지 깨달았다.

"하아."

"언니, 왜?"

"아냐."

당장 경영에 뛰어들어 회사를 키워도 시원치 않을 재벌 2세 세 명도 젊음을 게임에 내다 버리고 있는 마당에 누가 누굴 걱정한단 말인가.

품에서 패를 꺼내 거대한 황궁의 문을 걷어차는 한시민의 뒤를 서둘러 따라갔다.

to be continued